결혼 레시피

결혼 레시피

초판 1쇄 인쇄 2017년 6월 2일
초판 1쇄 발행 2017년 6월 9일

지은이 유정림
펴낸이 백유미

Publishing Dept.
CP 조영석 I **Chief editor** 박혜연 I **Editor** 이주영 조현영
Marketing 이원모 조아란 방승환 I **Design** 문예진 엄재선

Education Dept.
Chief Manager 김주영 이정미 이하영

Management Dept.
Manager 박은정 임미현 윤민정

펴낸곳 라온북
주소 서울시 서초구 효령로 34길 4, 프린스효령빌딩 5F
등록 2009년 12월 1일 제 385-2009-000044호
전화 070-7600-8230 I **팩스** 070-4754-2473
이메일 raonbook@raonbook.co.kr I **홈페이지** www.raonbook.co.kr
값 13,800원
ISBN 979-11-5532-281-9 (03810)

라온북은 독자 여러분의 다양한 아이디어와 원고 투고를 설레는 마음으로 기다리고
있습니다. 머뭇거리지 말고 두드리세요.

보내실 곳 raonbook@raonbook.co.kr

결혼레시피

유정림 지음

RAON
BOOK

결혼, 두 사람이 차리는 세상에서 가장 따뜻한 식탁

결혼생활은 세상이라는 식탁에 내 삶을 펼치는 것이다. 그리고 식탁은 혼자 차리는 것이 아니라, 부부가 함께 차리는 것이다. 나는 어떤 부부를 보면 그들의 식탁이 보인다. 따뜻한지, 차갑게 식었는지.

누군가 '결혼생활이 행복하다', '남편이나 아내가 잘해준다'는 말을 할 때, 나는 그 말이 참인지 거짓인지 알 수 있다. 어떠한 결혼생활을 보내는지는 그 사람의 말과 행동에서 고스란히 드러나기 때문이다. 가정에서 대접을 받는 사람은 다른 사람을 대할 때 날이 서 있지 않고 너그럽다. 가정에서 대접을 받지 못한 사람은 밖에서 그만큼 사람들을 힘들게 한다. 과학적 근거나 통계가 있는 것은 아니다. 그러나 경험한 사람들은 자연스레 공감할 수 있을 것이다. 따라서 사회생활을 보면 결혼생활이 보이고, 집에서 하는 행동을 보면 밖에서 하는 행동이 보인다고 말하는 것이다.

결혼생활을 하다보면 이리저리 부대낄 수밖에 없다. 그리고 어려운 일이 닥치면 혼자가 아니라 둘이서 머리를 맞대고 헤쳐 나간다. 그러다보니 다른 사람과 의견을 나누고 조율하는 것에 능하다. 자연스레 사람이 둥글어지는 것이다. 작은 다툼도 없이 혼자 살아가는 사람들보다 훨씬 유하다.

벌써 결혼생활 30년을 지나는 지금, 그래서인지 나는 젊었을 때보다 둥글둥글한 지금이 훨씬 좋다. 나이가 들면서 또하나 좋은 점은 인간관계가 거르고 걸러져 정말 좋은 사람들만 남겨진다는 것이다. 그래서인지 그들이 더욱 소중하게 여겨진다. 오랜 친구처럼 좋은 사돈자매님과 멜번에 있는 친구 아영이 엄마, 그리고 지성이 엄마 안젤라, 그리고 가장 소중한 나의 가족.

남편과 결혼을 한 지 벌써 30년이 넘었다. 그만큼 그와 식탁에서 함께 쌓아온 밥그릇 숫자도 늘어갔다. 과연 나는 내가 먹어온 밥만큼 제대로 나이를 먹고 있나 하는 생각이 가끔 든다. 예전보다 더 자주 나를 돌아보게 된다. 그러면서 주변 사람들은 어떻게 살아가고 있는가 함께 돌아보게 된다.

얼마 전, 치매를 앓고 있는 친정아버지가 위독하다는 연락이 왔다. 6시간을 못 넘길 거라는 엄마의 전화에 울면서 병원을 갔다. 신장이 다 망가져 4시간에 한 번씩 혈액투석을 해야 되고 폐렴까지 와서 위험한 상황이었다. 초조하게 아버지의 상태를 지켜보고 있는데 엄마는 병원에 온 자식들에게 정말 위급해지면 전화를 하겠다며 모두 집으로 돌려보내려 했다. 나는 엄마와 함께 있고 싶어서 남았다. 그렇게 시간이 흐르고, 혈액투석을 계속하면 아버지가 너무 힘드실 테니 그냥 편하게 보내 드리자는 엄마의 생각에 모두들 동의를 했다. 그러다 극적으로 아버지가 의식을 차리셨고, 장기간 더 입원을 한 뒤 퇴원을 하셨다.

당시, 시댁 쪽 사람이 전화로 부모님의 안부를 물어 이런저런 근황을 말했다. 이런저런 이야기를 나누는데, 그런 상태라면 차라리 돌아가시는 게 낫지 않느냐고 말하는 것이 아닌가? 나는 기분이 너무 상해 마음속으로 욕을 했다. 생명이 멀쩡히 붙어 있는데 어떻게 저렇게 말을 함부로 하나 싶었다. 제대로 나이를 먹었다면 저런 말을 할 수 없다고 생각했다.

부부의 관계는 누구도 관여할 수 없다. 엄마가 아버지에게 헌신하는 것 역시 마찬가지다. 엄마는 오랫동안 치매를 앓고 있는 아버지를 지극정성으로 모시고 있다. 병원에서도 나이든 분이 어떻게 그렇게까지 치매 환자를 돌볼 수 있느냐고 감탄했을 정도다. 아버지를 요양원으로 보내지 못하는 엄마의 마음을 잘 안다. 엄마가 이처럼 이루 말할 수 없는 고생을 하면서도 아버지 곁을 지키는 것은 엄마의 선택이다.

나는 엄마의 이런 모습을 보면서 엄마의 마음을 더 잘 이해할 수 있었다. 그리고 나도 엄마처럼 그렇게 될 것 같았다. 그래서 나는 남편에게 누구 하나가 안 좋으면 둘 다 좋은 요양병원에 들어가자고 했다.

나이를 먹어가면서 말을 더듬을 때도 많고, 무슨 말을 하려다가 엉뚱한 말이 튀어나와 웃을 때도 많다. 나이가 들수록 말하는 게 조심스럽다. 누군가를 보면서 실망을 하고 의도치 않게 상처를 주는 것이 바로 말이기 때문이다.

사람들 간의 관계 속에서 항상 좋은 말만 할 수는 없지만 꼭 해야 할 말도 웃으면서 할 수 있는 마음의 여유를 갖는다면 더 많은 것을 얻을 수 있다. 똑같은 말도 격하게 소리를 지르며 말하는 사람이 있다. 나는 그런 사람은 하나도 무섭지 않다.

얼마 전, 경강선을 타고 가다가 옆자리에서 묵주기도를 하시던 자매님과 인연을 맺게 되었다. 팔십이 다 되어 가신다는데도 참 고우셨다. 이야기를 나누면 나눌수록 그 분의 삶이 보였다. 너무도 좋은 느낌을 받아 서로 전화번호를 교환하고 다음에 만나기로 약속을 했는데, 어쩌다보니 돌아오는 길에 또 만나게 되었다. 서로 반가워하며 오래 전부터 알아왔던 사이인 마냥 많은 이야기를 나누었다. 다시 한 번 서로의 집을 방문하자고 약속했다.

이처럼 타인의 모습을 통해 나를 돌아보면, 내가 '좋다'고 느끼는 것을 남도 '좋다'고 느끼고, 내가 '싫다'고 느끼는 것을 남도 '싫다'고 느낀다는 것을 알 수 있었다. 나는 자매님과 인연을 맺으며 사람이 줄 수 있는 '좋은 느낌'에 대해 배웠다. 이를 잘 관찰하면, 나 역시 주위 사람에게 좋은 느낌을 주면서 말과 행동을 배려할 수 있다.

결혼생활은 하나가 둘이 되어 시작한 뒤 셋이 되고 넷이 되는 것이다. 혼자가 아닌 남편과 아이들과 함께 해나가는 것이므로 서로에게 하는 말과 행동에 따라 가족을 향한 평가가 달라진다. 남들이 평가 같은 게 뭐가 중요하냐고 한다면, 내가 사는 곳은 무인도가 아니기 때문이라고 말할 것이다. 세상과 소통하고 나누며 살려고 한다고 자신 있게 말할 것이다.

나이를 먹어가면서 선한 영향력을 주는 멋진 사람으로 살고 싶다.
그래서 더 예쁘게 말하고 예쁘게 행동하며 살아갈 것이다.
타인의 언행을 나의 거울로 삼으면서.

유정림

목 차

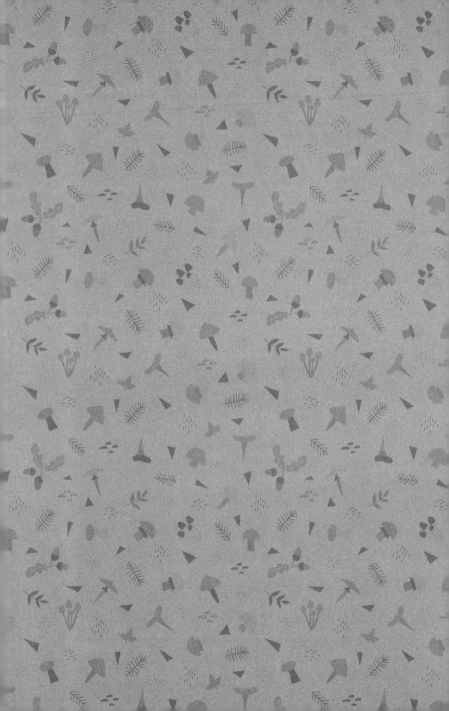

결혼 레시피 1/
요리 정하기:
나는 어떤 식탁을
차릴 것인가

어떤 결혼을 할 것인가,
선택의 소중함

내가 가 본 유일한 길이 결혼이다. 이 길을 따라 가다가 얻은 결실이 가족이고 가정이다.

사람마다 중요한 것이 다를 것이다. 신발만 신고 나가도 맛집과 풍요로운 것들이 넘치도록 많은 세상, 지구촌이라는 말이 실감날만큼 가볼 곳도 많은 세상에서 누릴 수 있는 자유로운 삶을 포기하고 싶지 않아서 결혼을 하지 않는 사람도 있다. 하지만 더 나이가 들면 외롭지 않을까?

처음 만났을 때는 비교적 젊은 나이였지만 세월이 흘러

이제는 삼십 대 후반, 사십대 중반에 들어선 지인들이 많다. 나와 친한 이들 중 특별히 까다로운 성격이 아님에도 맞는 인연을 만나지 못하는 사람은 마음이 쓰이고 안타깝다.

남편 친구의 자녀들도 대부분 어릴 때부터 봐왔는데 결혼할 생각이 없어서 좋은 사람 소개시켜 준다고 해도 싫다고 하고 나이만 먹어가는 경우가 있다. 그래서 남편들은 딸을 결혼시키고 사위를 본 평범한 우리를 부러워한다.

물론 부모가 자식이 자신의 인생을 어떻게 계획해놓고 있는지 속마음을 알 수는 없다. 하지만 부모라면 결혼하고 아이 낳고 사는 평범한 길을 가기를 바라는 마음은 매한가지라 그 부모 마음이 십분 이해된다.

얼마 전 남편과 베트남 다낭으로 패키지여행을 갔다. 보통은 가족이나 커플로 오는데 나이든 남자 분이 혼자서 왔기에 결혼을 하지 않았나, 상처를 했나 궁금했다. 솔직히 측은해 보이기까지 했는데 돌아오는 비행기에서 옆자리에 앉게 되어, 내친김에 궁금함을 참지 못하고 물어봤다. 그런데 아내가 더운 나라에 가는 게 싫다고 해서 혼자 온 거라고 한다. 여행 기간 내내 그 분에 대해 갖가지 예측을 했는데 모두 빗나간 것이다. 남의 일에 관심이 있는 편이 아닌데도 궁금했던 이유 단 하나는 혼자 온 사람을 처음 봤기 때문이다. 그만큼 나에게 '혼자'라는 말은 낯설고 채워줘야 할 것만 같은 말이다.

전에는 남편이 작품이나 강의를 준비하거나, 학교에서 단체로 해외연수를 가는 바람에 동반여행을 거의 다니지 못 했는데, 나이를 먹고 나서는 비교적 자주 같이 가게 되어 서운함이 덜어졌다. 다낭에서 만난 그 남자분을 생각하면 나 혼자 여행을 갔을 때, 다른 사람도 나를 보고 상처하거나 미혼인지를 궁금해 했을 것 같다. 그런 시선이 싫어서 남편과 동행하기를 바랐던 것 같다.

여행 중 가장 기억에 남는 것이 딸이 결혼하기 전에 다섯 식구가 함께 뉴욕에 간 것이다. 한국에서도 아이들과 밥 한 번 같이 먹는 일이 연중 행사처럼 어려운데 시간을 맞춰 뉴욕에 가족여행을 갔으니 얼마나 좋았던지. 거기에다 기상이변으로 12월의 크리스마스를 반팔 차림으로 맞게 되었으니 더 기억에 남는 행복한 여행이었다.

온 가족이 가는 데는 제법 경비가 들지만, 여행을 가지 않고 그 돈을 나 혼자 다 썼더라도 그런 행복감은 얻을 수 없었을 것이다.

요즘은 남편과 짧게 패키지여행을 가는 재미를 들였는데, 짐을 챙길 때는 우리 아이들이 좋아할 만한 것들을 챙긴다. 여행지에 가서 사진을 찍어 보내면 아이들이 좋아하고 자기들 인스타그램에 올려 준다. 자상하고 따뜻한 우리 아이들은 엄마 아빠한테 관심이 많고 우리 부부가 오순도순 잘 지내는 것만으로도 자기들이 더 행복해 한다.

젊을 때 결혼을 하고 아이들 키우면서 정신없이 바쁜 시간을 보냈지만, 지금은 시간적 여유가 많아서 이 귀한 시간을 놀리지 않고 하고 싶은 것을 하러 멀리까지 다니는 날이 많다. 이동할 때는 주로 대중교통을 이용해서 활동하기 편한 차림을 하고 가는데 아이들과 밖에서 약속이 있는 날은 신경을 써야 한다. 아이들은 엄마가 예쁘게 꾸미고 다니기를 원하고 엄마한테 관심이 많아서 퍼져있고 싶어도 그렇지 못한다. 나이보다 젊어 보인다는 말을 많이 듣는데, 사실이라면 아이들 덕분이다.

우리 아이들은 어릴 때도 자상했지만 다 키우고 나서는 애들이 나를 챙겨줄 때가 더 많아졌다. 어디냐고 해서 밖이라고 하면 조심해서 들어가라고 하고, 비가 오는 날에도 어김없이 부모가 자식한테 하는 말처럼 조심하라는 말을 잊지 않는다.

요즘에 부쩍 내가 살아온 지난 시간을 되돌아 보는데 특별한 일없이 보낸 그 긴 세월이 하나도 지루하게 느껴지지 않는 게 신기하다. 또 많은 생각이 나는 것도 아니니 정말 평범하게 살아온 삶이라는 것을 새삼 확인하게 된다.

하루하루 우리 가족의 밥을 챙기고 살다보니 이렇게 나이를 먹게 되어 타임머신을 타고 지금의 시간으로 넘어온 것처럼……

우리 아이들 보고나면 잘 키웠다고 말하는 분들이 많은데 그럴 때는 "특별히 한 거 없이 밥만 해줬는데 컸네요." 이렇게 말하게 된다. 사실이다.

모교 숙명의 교장선생님이 확실히 밥이 중요한 거라고 동의를 해주셔서 반가웠다.

집에서 엄마가 만들어준 따뜻한 밥은 밥의 온도가 아닌 마음의 온도이다. 이 따뜻한 밥을 먹고 세상으로 나가게 되는 것인데, 내가 해줄 수 있는 가장 익숙한 일이고 해줄 수 있는 가족이 있기에 항상 행복한 일이다. 남편은 가끔 보리굴비를 구우면 일회용장갑을 끼고 살을 발라주는데 아이들한테도 물론이고 생선살 발라주는 것은 나보다 더 잘한다.

가족은 아무리 친하게 잘 지내다가도 의외로 아무 것도 아닌 일로 남편과 내가, 나와 아이가, 아이들끼리 다툼이 생기기도 한다. 그럴 때면 서로가 중재자가 돼 주는데, 아이들과의 문제에서는 남편이 나를 지지해 주는 편이다. 아이들과 다툼이 있어도 하고 싶은 말을 다 하지 않고 참고 남편한테 이야기하면, 마음의 평정을 찾게 된다. 평정을 찾은 후에는 내가 옳았어도 아이들한테 뭐라고 하지 말라고 한다. 엄마 편이 되어서 아빠가 아이를 나무라면 좋은 영향력을 미치지 못한다고 생각였다. 그리고 서로가 시간을 충분히 갖고 나서 말하는 게 효과적이고 아무도 상처를 받지 않게 된다.

가족끼리 말을 옮기는 것도 좋지 않은데, 이간질을 하는 습관이 되면 밖에서도 그렇게 되기 쉽다.

나는 같이 한 이야기에서 앞뒤 다 잘라 먹고 좋은 말 빼고 나쁜 말만 전달하는 사람은 인간성이 나쁜 사람이고, 남의 공을 가로채어 자기가 한 것처럼 말하는 사람은 비겁한 사람이라고 단정 짓는데, 그 일을 한번 겪고 나면 파악이 되어 마음속으로 그 사람을 무시하게 된다. 내 아이가 사회에서 그런 사람처럼 무시받지 않고, 대접받는 사람이 되게 하려면 아이들이 어릴 적부터 부모가 먼저 모범을 보여야 하는데 이것이 가정교육이다.

나를 해코지 하는 사람은 뭘 해도 겁나지 않은데, 나쁜 말 한 마디 하지 않고 칭찬을 잘 하는 사람은 이상하게 더 조심스레 대하게 된다.

어떤 사람과 결혼을 하고 어떻게 살아가면 좋을까. 별 생각 없이 주사위를 던지고 무조건 잘 맞추며 살겠다는 소박한 생각으로 결혼을 할 수 있었던 것은 바보스러울 만큼 아무 것도 몰랐기 때문일 수도 있겠다.

살다보니 결혼생활처럼, 자식처럼 마음대로 되는 일도 없다지만 결혼생활을 무사히 해 내고 아이들 키우고 나니 이것보다 쉬운 것은 없다는 생각이고 각자가 중요하다 싶은 것은 다르지만 어떤 것으로 포장을 해도 상대의 마음은 볼 수 있어야 한다.

내가 진실한 사람이면 진실한 사람이 보일 것이니까.

희로애락의 살아있는 감정을 다 담아내며 살았지만 이것은 살아있기에 생기는 것이고 내 남편의 처음 마음은 여전히 그대로이다. 때로는 세상을 살아가면서 힘들어서 본심을 다 보여주지는 못하더라도 마음을 봤던 첫 느낌을 확신할 수 있다면 그런 사람이 있다면 놓치지 말고 선택하기를.

결혼은 선택이고, 결혼생활은 이 선택에 대한 책임을 지고 살아가는 것이 아닐까.

내 결혼 식탁의
주 메뉴 정하기

　어디 조직이나 그렇지만 메인이 있으면 서브가 있다. 가정에도 메인과 서브가 있다. 남편을 메인이라고 한다면 나는 서브라고 할 수 있을 것이다.

　하지만 서브라고 해서 그 역할이 작은 건 아니다. 커다란 소품이 아닌 그야말로 아주 작은 물건들도 자리를 돋보이게 하고, 즐겁게 만든다. 그 이유는 준비 해놓은 사람의 마음이 채워져 있기 때문이다. 나만 알던 이기적인 성격이 결혼을 하고 마음이 큰 사람이라는 말을 많이 듣는다. 아마도 가정이라는 울타리에서 얻어지는 것들이 행복하게 하고 평범한 일상을 살아내면서 함께 하는 게 감사하고 또 감사한 마음이기에 그런가 보다.

모임을 준비하는 시간은 좋은 사람을 만나는 자리이기에 기쁜 마음으로 준비하고 기다림은 희망을 준다. 평범한 일상에서 다들 바쁘게 살아가기에 소통의 시간이 되고, 가까운 사람들과 세상을 보게 되는 시간도 된다. 그래서 마음으로 먼저 준비를 하는데, 장을 보고 요리를 하고 멋지게 차려내는 것도 중요하겠지만 편안한 모임이 되기를 바라는 마음이 크기에 여러 가지 준비를 해놓는다.

요리끼리 맛의 섞이는 게 싫어서 앞접시를 계속 바꾸어주거나 칸칸 접시를 쓴다. 일회용 식기도 음식과 어울리는 컬러로 준비를 해놓는다.

차이는 있지만 대부분 지인들은 보이지 않는 마음까지 다 알아보고 즐거워한다. 넉넉히 준비한 음식은 도시락에 담아준다. 이런 작은 행동에도 감동을 한다. 과가 같은 사람간의 만남이기 때문에 알아봐준다고 생각하여 보람을 느낀다.

얼마 전, 앙금플라워 떡케이크를 만들어 간 모임이 있었다. 그날 후배가 식탁에 나무젓가락을 냅킨으로 싸고, 케이크 리본을 잘라 예쁘게 묶어낸 것을 보고 응용을 배우게 되었다.

그 작은 소품의 활용이 자리를 빛나게 해주었기에 고마웠고, 그 센스를 머리에 입력해놓았다. 내가 없는 감각이 있고, 볼 수록 매력인 그 후배와 함께 할 수 있는 기회가 많으면 좋겠 다는 생각이 들었다. 이러한 소품의 활용은 마음에 담고 있는 것이 겉으로 표현되어 나오는 것이다.

살면서, 내 마음이 본품(메인)이면 내가 소품으로 여겨진 다고 해도 괜찮다.

밖에서 하는 모임에 가게 되어도 어떤 자리에서도 주눅이 들지 않고 즐긴다. 다른 테이블은 무거운 우아함만 그득해도 내가 끼면 누구나 듣고 말할 수 있는 대화로 풀어가며 재미난 이야기를 주고받는다. 일 년이 지난 후에도 나를 기억하고 나 를 만나기 위해 오는 이까지 있었을 정도이다.

물론 자리에 맞는 대화를 풀어내야 하겠지만 그것도 중요 하지 않고 친하고 친하지 않고도 중요하지 않다. 품위를 유지 하기 위해 무게만 잡고 있어야 한다면 나는 그런 자리는 가지 않는다. 비싼 음식도 먹다 체할지 모르니까.

물건의 소품의 활용은 즐겁게 한다. 집에서 냉커피를 마실 때는 유리컵에 빨대를 꽂아 마시고 우리 아이들도 그렇게 한다. 결혼한 딸이 빨대를 갖다 달라고 하려했는데 미리 갖고 갔더니 좋아라 했다. 물론 사다 쓸 수도 있지만 이런 것들을 몇 다발씩 구비해놓은 것을 알기에 달라고 하려 한 것이었고 빨대 때문에 소통이 더 잘되었다.

예전에, 호주에 가서 살 때도 혹시 거기에 빨대가 없을까 봐 오백 원짜리 빨대와 냉커피 탈 때 필요한 롱티스푼을 챙겨 갔을 정도다. 호주 가보니 거기는 그런 게 더 많았음에도 고지식한 나의 혹시나 때문이었다. 없으면 아쉬운 것은 미리 챙긴다.

냉커피에 빨대를 꽂아 마시면 카페에 온 기분이 드는데, 이렇게 작은 거라도 내가 나를 챙기고, 나는 나에게 확실한 대접을 받는다. 빨대는 오백 원의 미학이다. 내 얘기를 들은 이들은 빨대를 사다 놓았단다.

또 우리 집에는 일 년 내내 얼음이 있다. 지금은 얼음냉장고가 고장이 나서 봉지얼음을 사다 쓰지만 그냥 냉장고를 쓸 때도 얼음이 있어서, 이십 년 전에도 친구가 얼음을 얻으러 오기도 했었다. 친구 집에 갈 때도 얼음의 유무부터 물어보는데 없다면 냉커피를 사가려고 묻는 것이다. 체면 때문에 마시고 싶은 것을 참고 싶지 않다.

커피 한 잔을 대접받을 때에도, 내가 나에게 솔직한 것처럼 지인들에게도 좋아하는 것을 주문한다. 어려운 자리, 무거운 자리에서도 정확한 의사표현을 한다.

타인을 대접하는 마음으로 내가 먹을 음식을 만든다. 남과 비교할 것도 없고 나의 값어치를 귀하게 매기려면 내가 나를 대접하는 게 도움이 될 것이다. 내가 나를 귀하게 여기는 마음을 갖지 않으면 자존감도 없어지고 마음의 여유가 없어진다.

우리집은 집과 갤러리 건물에 주방이 각각 있는데 샌드위치나 떡이나 가벼운 음식을 만들고 빵을 굽는 씽크대가 따로 있다. 냄새나는 음식, 요리는 집에서 만들어서 옮긴다. 예전에는 잔치처럼 음식을 만들어 나누는 일이 많았지만, 요즘은 비교적 가볍게 하는 편이다.

그런데 음식끼리도 소품의 역할을 하는 것이 있다. 요리에 컬러를 입히는 것은 깊은 맛에 색을 입히는 것이기에 무척 중요하게 생각한다. 김치를 담아낼 때도 청홍 풋고추와 파를 송송 썰어서 올리면 신선한 색을 내고 물김치에는 석류알갱이를 올리며 색과 맛을 같이 먹게 된다. 지인들은 제2갤러리

홀에서 작품과 함께 차를 마시거나 식사를 한다. 집의 주방은 누구나 갖고 있지만 이곳은 색다르니까 건너와서 함께하면 나도 놀러 나온 듯 좋다.

이곳의 내 그릇에는 컬러가 있는데 보통의 그릇에도 소품의 화려함이 곁들여지면 분위기가 바뀌고, 고즈넉한 분위기에도 빨간 포트가 생기를 준다. 메인 그릇들은 화려한 색을 쓰지 않지만 여기저기에 올려놓은 소품들은 연두, 빨강 이런 예쁜 색들이다. 둘러보며, 구석에 있는 미니어처에도 눈이 가고 옛날을 추억한다. 소소한 것들 안에서도 나눌 것들이 많다.

글을 쓰면서, 내가 어떤 역할을 했는가 돌아보게 되는데 아마도 나는 튀는 역할보다는 받쳐주는 무심히 놓아둔 그런 소품이 되고 싶지 않았나하는 생각이 든다. 결혼을 하면 가정에서, 아내와 엄마의 역할이 함께 주어진다. 가족과 행복하기 위해서 나의 삶의 자리에서 할 수 있는 역할을 하며 살았다고 말할 수 있다. 소박한 꿈과 소박한 일상을 살아내다 보니 주인공이 아니더라도 좋기만 하다. 내가 있기에 남편과 아이들이 자기 몫을 하고 있다고 생각하고 살았고 살아가고 있는 것이라고 자신 있게 말할 수 있다.

자신의 값은 자신이 매기는 것이다. 예쁜 물통에 따뜻한 티를 타놓고, 시원한 물도 넣어둔다. 그냥 봐도 예쁜 보냉통에 차를 마시면 차 맛도 더 맛있어진다. 예쁜 것을 자꾸 보다 보면 마음도 예뻐진다. 투박한 사람도 본인이 인지하지 못하는 내면에는 여린 감성을 갖고 있다. 나도 이렇게 본품을 넉넉하게 준비하여 행복한 가정을 만들고 싶다.

우리 아이들이 엄마가 웃는 모습을 좋아하는데도 늘 웃어주지는 못한다. 아이들과 떨어져 지내는 시간이 많아서 아이들은 엄마의 일상을 이해하지는 못한다고 생각해보기도 했지만 이런 생각을 접기로 했다. 엄마가 웃는 모습을 바라는 소박한 마음을 갖고 있는데 이유 불문하고 해줘야 되지 않을까 싶다.

소품의 자리에 있어도 가족은, 지인들은 알아봐 준다. 중심의 역할을 하지 않아도 나의 가족이 나의 삶을, 행적을 귀하게 생각해주기에 그저 좋기만 하다. 남편보다 훌륭한 사람이 되거나 아이들보다 빼어난 사람이 될 능력은 없다. 다 알아서 잘 해주는 가족들 덕분에 앞으로도 나에게 주어진 소품의 역할을 행복하게 하고 있을 것이다. 가족은 본품을 담고 서로 힘이 되어 주고 믿어주고 응원해준다. 우리집은 본품이 넘쳐나는 집이다.

따뜻한 식탁을 선택해야
따뜻한 가정이 만들어진다

결혼을 하고 집을 꾸밀 때 중요하게 생각을 하는 곳이 저마다 다르겠지만, 주부는 나름대로 주방에 대한 로망이 있다. 오래된 집도 씽크대를 바꾸고 멋진 조명으로 교체를 하면 새집의 느낌을 줄 수 있다.

주방의 변화를 주고 싶어 제대로 된 씽크대를 교체하려면 제법 큰돈을 들여야 하고 또 살고 있는 집의 씽크대를 전면적으로 교체하는 일은 쉽지가 않다. 냉장고 정리나 교체를 위하여 음식을 꺼내 놓아본 주부들은 격하게 공감할 것이다.

조명은 작은 부분이지만 가장 많은 변화를 줄 수 있는데,

조명은 어떤 역할을 하고 왜 중요할까?

예전에는 음식이 주는 의미가 기본적으로 살기 위해서 먹는 일차원적인 것이었다면 지금은 보여지는 것, 즉 멋지게 차려냈을 때 주는 시각적인 효과가 중요해졌다. 그러다보니 맛없어 보이는 음식도 맛있어 보이게끔 컬러의 돋보이게 하는 식탁의 조명은 꽤나 중요해졌다.

그리고 주방은 밥을 먹는 장소만이 아닌 휴식의 공간이 되기도 하고 친한 지인들과 친교의 시간을 갖는 공간이기도 하다.

주방의 여러 등 중 식탁 등은 주광색이어야 식사를 할 때 눈이 부시지 않고 따뜻한 느낌이 나서 마음 편한 식탁을 만들 수 있다. 식탁의 조명이 너무 밝으면 차가운 느낌이 들고 음식이 맛이 있어 보이지 않은데 눈이 부서서 편안하지가 않다.

그러나 조리대나 불을 쓰는 쪽에는 잘 보이는 밝은 등을 달아야 하는데 요즘 유행하는 레일등을 달고 방향을 조절하면 잘 보여 일의 능률도 오르고 카페 분위기가 나는 일석이조를 누릴 수 있다.

나는 주방에 들어갈 때 불을 잘 켜지 않고 컴컴한 데서 일을 할 때도 있는데, 한참 일을 하다가 손을 씻고 불을 켜기가 귀찮아서이다. 이럴 때는 남편이 슈퍼맨처럼 나타나서 일하다가 다친다고 하면서 불을 켜주는데 밝아져서 좋은 것도 있지만 따뜻한 말에 기분이 좋아진다. 이런 자상한 행동에서 맛있는 음식을 만들게 하는 힘을 얻게 되는 것 같다.

지난 가을에 집수리를 할 때 거실 등을 바꿨는데 볼모양의 전구가 많이 들어가는 디자인이었다. 조도에 대한 상식이 없어서 대충 주문을 하고 전구를 끼고 나니 너무 밝아 눈이 시렸다. 결국 조도가 낮은 주광색 전구와 섞어서 달았더니 괜찮았다.

잘 모르면서도 내가 알아서 하는 이유는 남편이 무조건 알아서 하라고 미루고 나한테 다 맡기기 때문이다. 나도 이런 것에 대해 문외한이고, 일일이 주문하는 게 귀찮기도 한데 답답한 놈이 우물판다고 할 수밖에 없는 입장에 놓인다. 당장에는 답답하지만 이렇게 하고나면 인테리어에 대한 상식이 생겨서 나쁘지만은 않다.

그 덕분에 딸의 신혼집 꾸밀 때는 많은 도움이 되었다. 그간의 지식으로 멋진 등을 사서 럭셔리 카페처럼 분위기 있게 해줄 수 있어서 뿌듯했다. 안목도 높아져서 다음에는 더 잘할 수 있을 듯 싶을 것 같아, 어느덧 관심분야가 되었다.

이렇게 조명은 인테리어 효과나 기능적인 면에서도 중요한데, 문득 나는 가정에서 어느 정도의 빛을 내고 있는지 궁금해졌다. 과연 식탁 등처럼 편안하게 해주는 불빛을 내고 살았는지가 궁금했고, 만약 식탁 등 같은 불빛이라면 이렇게 한 가지 불빛만 내는 게 맞는지….

예전에는 남편이 엄청나게 바빠서 나 혼자 등대지기처럼 집을 지키고 있는 시간이 많았기에 남편이 어떤 빛을 내고 있는지 잘 몰랐고 내가 드러나지 않는 빛으로 잘 받쳐줘서 남편이 잘 되었다고 생각한 적도 있었다.

그런데 돌이켜보니 남편은 밖에서도 나에 대해 자랑스럽게 말해왔고, 남편 혼자만 반짝반짝거리는 별이 아니라 나와 아이들에 대해 자랑스럽게 말을 하고 있어서 함께 빛이 나는 사람으로 대접받을 수 있게 해주었다는 것을 다른 이를 통해 전해 듣게 되었다.

언젠가 남편의 제2갤러리를 꾸밀 때 꼭 달고 싶은 등을 사놓고 남편이 마음에 들지 않는다고 하거나 왜 쓸데없는 거를 샀냐고 뭐라 할까봐 한 달 정도를 숨겨 놓고 있다가 기존의 등을 교체할 때 함께 단 적이 있다.

남편이 등을 단 위치에 대해서는 언급했던 기억이 나는데 아무튼 무사히 넘어갔고 지인들이 등이 참 예쁘다고 칭찬을 해주어서 남편한테 잘난 척 내 안목에 대해 자랑을 했던 일이 있다.

이런 사소한 일을 바로 이야기를 못하는 것은 지적 받는 게 싫어서였다. 남편은 며칠 밤을 새워 찾아내었는지 얼마나 힘들게 골랐는지 왜 이런 것을 골랐는지에 대한 것도 모르고 이러쿵저러쿵 말하는 스타일이기 때문이다. 그래서 남편에게 문제가 있다고 생각을 했는데 돌이켜보니 남편한테 표현의 자유를 주지 않은 내가 문제였다. 설령 나쁘다고 해도 예사로 넘기면 되는데 다른 사람보다 남편한테 인정받고 싶은 마음이 크다 보니, 안 좋은 말을 듣는 것을 극히 싫어했던 것이다. 그래서 어차피 다 보게 되는 것인데도 숨겨놓기까지 했었다.

이런 집안의 등이 주방이나 거실 등등 필요한 곳에 적재

적소에 달려 있고 멋지고 기능적인 면까지 잘 구비가 되었어도 더 중요한 것이 있는데, 바로 사람의 얼굴에서 나오는 빛이다.

아무리 훌륭한 음식을 만들어도 요리하는 사람의 따뜻한 마음이 전달되지 않으면 인스턴트를 먹는 것과 같은 건조함이 생긴다. 나는 몸이 힘들 때일수록 찡그리지 않고 더 밝은 표정을 지으면서 요리를 한다. 그래서 남편은 아주 가끔 먹는 컵라면도 맛있는 요리처럼 먹어준다.

특히 우리는 식당에서 밥을 사먹을 때에는 이왕이면 친절한 식당을 찾게 되는데, 아마 사람의 얼굴에서 나는 밝은 빛이 음식을 더 맛있게 하기 때문일 것이다. 불친절한 곳에서는 밥맛이 나지 않아 다시 가지 않게 되는데 대부분 우리 부부와 비슷한 생각일 것이다.

사람들이 식당에서 먹는 밥은 집에서 먹는 밥보다 빨리 배가 고프다는 말을 하는데 자세히는 모르지만 집밥보다 정성이 들어가지 않은 것은 물론이고, 밥을 기술적으로 많아 보이게 퍼서 그런지, 보기에는 같은 한 그릇이라도 밥그릇을 들어보면 가볍게 느껴진다.

이렇게 밥을 먹을 때 만드는 사람도 중요하고 먹는 사람도 중요하다. 이것은 사람과의 관계에 제법 큰 영향을 미치는데 이런 식탁 문화, 밥상머리 예절의 중요함이다.

우리 가족이 모여 밥을 먹을 때에는 일상이 잔치이다. 나는 음식을 만들면서 행복하고, 가족이 맛있게 먹으면서 행복해 하니 또 행복하다. 맛있는 거 먹으면서 행복한 것은 당연한 것이다. 맛있는 거 먹으면서 불행한 사람은 없을 것이다.

자주 만나지 못해 밀린 이야기를 하다보면 즐겁지 않은 대화를 할 때도 있지만 조심을 해서인지 짧게 끝내고 화제를 전환한다.

나는 바라만 봐도 행복하고 하나라도 더 챙겨주고 싶어서 식탁에 앉지 않고 서빙을 한다. 그리고 식탁을 치우면서 거실에서 남편과 아이들이 하는 대화를 다 알아듣고 반응을 하면 남편이 "너네 엄마는 귀가 밝아서 다 듣는다"고 하면서 신기해하고 다들 웃는다.

웃으며 식구들을 음식을 만들고 밝게 대하고 가족을 웃게 하는 식탁 위의 조명이 될 수 있기를…….

집에서 아내의, 엄마의 밝은 얼굴은 가장 훌륭한 조명이

고, 포근한 목소리는 가장 입맛 돋구게 하는 음악이다. 잘 지
켜야겠다.

선택했다면
책임질 준비를 하라

결혼생활은 많은 인내심과 이해심 등등을 요구하기도 한다. 어떤 때는 단순하다 싶다가도 이론적으로 다 담아낼 수 없이 복잡다단하기도 하다.

결혼한 부부들은 생각을 바꾸는 것으로도 모자라, 혼자라면 버리지 않을 것들도 버려야 하고 어려운 일이 생겼을 때일수록 더 많은 이해를 요하고 머리를 맞대어 풀어내야 한다. 나는 이것을 '책임'이라고 말한다.

결혼은 한 사람의 인생을 송두리째 바꿀 수 있는 일생일대의 선택이다. 그러므로 본인이 한 이 중요한 선택을 책임지겠다는 자세가 필요하다. 그렇지 않으면 어느 가정이든 쉽게 무너지고 말 것이다.

가끔은 내가 결혼을 하지 않고 혼자 살았다면 어떤 모습으로 살아갈까 생각을 한 적이 있는데, 상상도 가지 않아서 금방 그만두었다. 나에게는 우리 가족이 함께 행복하게 살아가는 그림을 그리는 게 익숙하다.

그럼 우리 가정에서는 좋은 일만 있었을까? 한마디로 '그런 집 있으면 알려 주세요!'라고 말하고 싶다. 지금처럼 이렇게 별 일없음에 감사하고 행복해 하고 있을 때도, 어김없이 다양한 일이 생긴다.

얼마 전, 아들이 발목이 부러져서 수술을 하고 입원을 했다. 간병을 하다가 밤기차를 타고 올라와 남편 밥을 준비해놓고 노트북을 들고 새벽기차를 타고 아들에게로 내려가 밤새워 이 책의 원고를 썼다. 남편은 이런 내가 대단하다고 놀라워했고 칭찬을 아끼지 않았다.

아들이 퇴원을 한 후에는 목발을 짚은 채로 복귀를 해야했다. 때문에 점심을 먹으러 가기 힘들다 하여 주중에 먹을 반찬을 만들어서 배낭에 넣어 짊어지고 따라가 고속버스를 태워 보냈는데 거기까지 밖에 못해줘서 마음이 아팠다.

그러다가 얼마 전에는 내가 지하철 역사에서 넘어져서 팔꿈치를 다쳐서 반 깁스를 하게 되었다. 아들이 올라올 때 깁스 한 채로 광명역에 나갔는데 만나자마자 웃을 수밖에 없었다.

그럼에도 한 손으로 반찬을 만들어서 보내는데 그나마 왼팔을 다쳐서 다행이다 싶다. 불편한 가운데에서도 엄마의 소임을 할 수 있기 때문이다.

나는 한시적으로 겪는 일이지만 아픈 자녀를 둔 분들의 마음을 어떻게 모르겠으며 어떤 식으로든 나누고 싶은 마음이고 앞으로 내가 해야 할 일 중의 하나이다.

쌍둥이 아들들이 대학교에 무사히 들어가고 나서 행복감도 잠시 남편 덕분에 생애 가장 힘들다 할 일을 겪었는데, 그 일은 가족 모두가 힘들었던 일이었다. 이겨 낼 수 있었던 것은 아이들이 있었기 때문이었다.

그 힘든 시간을 맞게 되었을 때, 고통에 빠져 있지 않은 것은 생각을 바꿀 수 있었기 때문인데 걱정보다는 갖고 있는 것의 소중함이 주마등처럼 스쳐갔다.

딸을 낳고 아이가 생기지 않아 불임클리닉을 다니던 우울한 시간을 보내고, 병원에 백 일동안 누워서까지 지켜낸 아들 쌍둥이를 낳고 세상을 다 얻은 그런 기쁨의 순간. 가끔은 셋보다 더 많은 아이를 가진 집을 부러워하며 배 아파하기도 했지만, 우리가족이 함께 해온 행복한 시간들. 남편의 소원이었던 도자기연구실을 갖게 되었을 때의 그 기쁜 시간들. 가족 모두 건강히 별 일없이 살아올 수 있는 이 소중함.

잃은 것이 물질이 아니라 가족이었다면 살아내기 어려웠을 것임을 우리 가족은 잘 알고 있어서 살아서 숨 쉬고 있는 존재 자체로 서로에게 위로가 될 수 있었다.

또 하나는 남편이 개인의 욕심이 아닌 옳은 일을 하기 위해 택한 선택임을 알고 있었기에 결과만 가지고 원망을 할 수 없었고 남편의 생각과 삶의 행적을 존경하고 있기에 그렇다.

만약 남편이 검은 마음을 먹고 욕심을 부렸다면 진심으로 위로하지 못했을 것이며 부끄러웠을 것이며 힘든 시간에 소중한 것을 돌아보게 되는 그 자체가 은총이었다는 귀한 깨달음까지 얻게 되어 여진을 최소화할 수 있게 되었다.

누구를, 무엇을 원망한다 해도 아무 것도 달라지지 않는다. 살아온 시간동안에 가급적 입장 바꿔 생각하고 어제보다는 오늘이, 오늘보다는 내일이 더 행복할 거라는 믿음으로 하루를 보내고 또 하루를 연다.

누구는 남의 떡이 커 보인다고 하지만 나는 내 떡이 가장 커 보이고 이런 내 성격에 내가 나에게 감사하니 나는 웃기는 사람인가 보다.

남편과 티격태격할 때도 있는데 아들은 엄마인 나를 나무란다. 내가 살아온 시간보다 지금 보여지는 것만을 보기 때문인 것 같다. 서운하지만 다시 남편과 화해하는 계기가 되기도 한다.

여느 부부처럼 우리 부부도 같은 점도 많고 다른 점도 많다. 하지만 함께하기로 한 이상 그것까지 책임질 준비를 해야 한다는 게 나의 생각이다.

싸우지 않고 사는 부부도 있겠지만 우리는 별 것 아닌 것으로 다투게 되는데 이런 다툼을 통해서 서로에 대해 더 이해를 하게 되고 잘 지냈을 때가 금방 그리워져서 냉전이 그리 오래 가지 못한다.

결혼생활을 함께 한 부부들은 닮았다는 말을 자주 듣는데 우리도 그런 커플이다. 젊을 때도 그런 말을 가끔 들었는데 그때는 내가 살짝 손해를 본다는 기분이었다. 그런데 나이를 먹고 나서는 남편과 닮았다는 말을 들으면 자상하게 나이 들어가는 남편한테 묻어갈 수 있어서 감사하고 무임승차를 하는 기분이 들어 이득이라고 생각이 든다.

남편은 짜증을 잘 내지 않는데 나는 아직도 짜증을 낸다. 짜증나는 일이 있으니까 그런다지만 빨리 없애고 싶고 고치고 싶은 한 가지이다.

생각을 바꿔야지 한다고 갑자기 바꿀 수 있는 것은 아니지만 일단 입장 바꿔 생각하면 이해심이 생기고 그 힘으로 어려움도 이겨낼 수 있다.

가정에서부터 금이 가 있게 되면 세상에서 버티기가 힘이 든다. 이 금이 더 깊어지기 전에 이해와 사랑으로 붙여서 세상과 만나야 한다.

나의 결혼생활을 붙여주시고 이어올 수 있게 하신 분은 (얼마 전 돌아가셔서 너무나도 그리운) 시아버님이신데 나무람 한번 없이, 당신의 아들을 잘 보필하고, 아이들 잘 키운다고 참으로 예뻐하셨고 당근과 채찍 중 당근만을 주셨다.

또 아버님은 며느리가 하는 당연한 도리에도 칭찬을 아끼지 않으셨고 남편보다 나를 더 많이 이해해 주셨고 그런 무언의 교감이 더 잘 할 수 있게 하여 어려운 고비를 잘 넘기고 살게 하는 힘이 되었다.

살다보니, 처음에는 칭찬을 속으로 담고 겉으로 표현하지 않던 남편도 지금은 칭찬을 많이 해준다. 칭찬은 여전히 좋다. 그래서 나는 아직도 자라고 있다.

행복한 결혼의 시작은 식탁에서부터

결혼을 하면 식탁에서의 시간이 많이 주어지는데 행복한 결혼생활은 그 집의 식탁에서의 분위기, 가족이 식사하는 모습을 보면 알 수가 있다. 근사한 음식을 차려내지 않아도 따뜻하고 아늑한 휴식의 자리가 될 수 있고, 더 외로운 공간이 될 수도 있다.

바쁜 일상을 살아가면서 가족이 함께 하는 시간은 줄어든다. 아이들이 자라면 자랄수록 더 줄어들 것이다. 맛 집이 넘쳐나고 구하기 힘든 먹거리도 쉽게 구할 수 있다. 그런데도 사람들은 특별히 맛있는 게 없다는 말을 한다. 아마도 맛에 대한 그리움이 채워지지 않아서 그렇지 않나 싶다.

우리 가족은 집밥 외의 먹고 싶은 게 있을 때는 보통은 외출한 가족에게 사오라고 주문을 한다. 일부러 운전을 해서 나가야 하는 번거로움도 있어서 남편이 주로 그 역할을 하는데 사왔을 때 도란도란 이야기를 하면서 잘 먹어주는 모습을 보면서 행복해 한다.

아이들도 밖에서 먹다가 맛있다 싶은 음식이 있으면 사온다. 지금은, 아이들과 따로 지내지만 큰아들은 포항에서 특별한 상황이 생기지 않는 한 주말마다 집에 온다. 기차를 타고 오면 밤12시 경에 광명역에 도착하는데, 조금이라도 빨리 보고 싶고 남편이 밤늦은 시간에 혼자 운전해야 하니까 옆에라도 있어주려고 따라 나간다. 이렇게 따라 나가서도 이야기를 주고 받는다. 말하다가 의견이 맞지 않을 때는 침묵을 하고 나면 분위기가 좋아진다. 차 안에서 아들은 한 주일 동안의 지냈던 이야기들을 해준다.

우리 집 식탁은 옛날식의 6인용 식탁이라 상석이 두 자리가 있다. 나는 주방에서 왔다 갔다 하기 편한 자리에 앉는데, 남편의 자리는 상석에 따로 정해져 있다. 남편이 함께 식사를 하지 않을 때에도 그 자리는 비워 두고 아이들도 앉히지 않는다.

그야말로 아빠의 자리가 있고 아빠의 보여지는 자리와 존재감의 자리는 항상 그대로이다. 엄마의 손으로 아빠를 끌어내린다면 아이들이 자라고 나서는 돌이킬 수 없을 것이고 아이들이 커갈수록 아빠의 자리는 필요하다.

이렇게 식탁은, 밥상의 기능도 하고 대화의 장이 되기도 한다. 밥을 먹고 난 후에 바로 후식을 즐기기도 하는데 많은 이야기를 주고받는 것은 여전하다. (지금은 딸이 결혼을 하고 아이들이 서울에 있어서 다섯 식구가 만날 기회가 많지는 않지만) 아이들과 대화는 식탁에서 많이 이루어졌다.

우리 가족이 각자 먹고 싶은 거 만들어달라고 아우성을 치면, 주문대로 빨리빨리 맛있게 음식을 만들어 내야 하는 시간은 스릴 있었다. 그리고 잘 먹는 모습은 보기만 해도 배불렀고 행복을 그득 채워줬다.

결혼을 할 때 장만한 식탁, 상, 테이블이 주는 의미는 보여지는 의미 외에 많은 것을 담고 있다. 어디서건 밥이라는 것을 먹고 살지만 이 식탁이라는 것은 밥을 담아내기 위해, 그 위에 놓여있는 것을 준비한 이와 먹어주는 이의 마음을 담아내기 위해 꼭 필요한 것이다.

분위기를 바꿔, 집안의 식탁이 아닌 정원에서 소박하게 작업테이블 펴놓고 하던 가든파티는 우리 가족들만의 식사에도 지인들과의 모임에서도 즐거움을 준다.

음식을 만들어 전기밥솥의 코트를 길게 연결하고 정원에서 그야말로 솥단지 내걸고 하던 모임이 시작이었다. 이곳에 들어와서 산 지 몇 년 만에 집들이라는 타이틀을 걸고 모임을 한 적이 있다. 아무도 집들이용품을 사오지 않았으니 그야말로 집들이는 핑계였다.

아무리 많은 양의 음식을 만들어도 밥하고 김치만 있으면 먹을 수 있다는 생각에서 출발하기에 촉박한 시간에도 마음의 여유를 갖고 평정심을 갖게 한다. 하나하나 완성되어가는 요리는 그간의 밥만 하고 사는 내 자리에서의 충실한 역할 수행이 테이블에서 드러나는 것이기도 하다.

모임 중에 특별히 기억에 남는 모임이 있다. 발목인대를 다쳐 목발집고 하던 남편 생일파티인데 추석이 생일인 관계로 추석 닷새 전에 하는데 목발이 불편해서 목발을 옆구리에 낀 채 절뚝거리며 파티를 주관하고 챙기러 다녀서 웃게 만들었던 일이 있다.

또 시아버님 국민학교 친구 분들과의 모임을 해드렸는데, 다들 가시고 나서 펑펑 울었었다. 연세 드신 어르신들이 어릴 적 만남으로 이곳까지 오셔서 잘 드시고 즐겁게 계시는 모습이 마음이 짠했었다. 이 먼 곳까지 다시 또 오실 수 있을까 하는 그런 생각과 애틋함이 교차를 했는가 보다. 그 후로 한 분 두 분 돌아가시고, 얼마 전 시아버님도 돌아가셔서 너무나 슬프다. 시아버님 팔순 잔치도 직접 해드렸었고 내년에 구순잔치도 해드리려 했는데…….

그동안 많은 모임을 했지만 그중에서도 쌍둥이 아들 녀석들 고2때 했던 1박2일의 가든파티는 빼먹을 수가 없다. 남편이 바비큐 할 불을 피우고 아들 친구 녀석들이 거들어 돼지목살을 구워서 먹으며 그 밖의 여러 가지 맛있는 음식들과 소주 한 짝까지 준비했다.

어른들 앞에서 먹고 즐기는 그런 자리를 만들어 준 것이다. 그 대신 한 가지 약속을 했는데 담배를 피우는 모습을 보이지 말고 담배꽁초를 아무데나 버리지 말라는 거였다. 이 부분에 대해 자세한 이야기는 생략하겠다. 여튼 다들 부모님의 허락을 받고 왔고, 즐거운 모임 자리가 되게끔 챙겨주고 남편과 나는 집 안으로 들어왔다. 아침에는 해장국까지 끓여서 먹여 보냈다.

한 번의 모임을 끝내고 다른 녀석의 모임을 준비했다. 그 모임에 어떤, 반 친구 녀석이 왔다. 우리 아들이 친하지 않아서 초대를 하지 않았음에도 왔다고 하는데, 그녀석이 난리도 아니었다. (나중에 알고 보니) 다이어트 약을 먹고 음식을 안 먹다가 갑자기 고기와 술을 먹어서라는데 행패를 부리면서, 우리 집 앞에 있는 도랑에 들어가기까지 했다. 다칠까봐 꺼내주려는 애들 아빠한테 평생 누구한테도 들어본 적 없는 욕을 퍼붓고 기가 막히게 그랬다.

방에다 억지로 들여놓고 그 녀석 집에 전화를 해서 부모가 내려왔다. 그 사이 온 방 안에다 토를 해놨는데 그 녀석의 부모는 자기 아들이 초대를 받지도 않고 꾸역꾸역 따라와서 사고만 친 것인데도 변명만 늘어놓다 제대로 된 사과 한 마디 하지 않고 아들을 데리고 갔다.

가고 나서 보니 토사물도 제대로 치우지 않아 솔직히 그 부모 욕을 마음속으로 수없이 했다. 그 다음날 와서 미안하다며 골프공을 주고 갔는데 나는 골프를 치지 않을뿐더러, 변명만 늘어놓는 그 엄마가 싫어서 골프공을 던져두었다. 물심양면 준비한 모임을 그르치게 한 아들을 위해 이런 행동을 한 그 엄마는 그 아이보다 더 이해할 수 없었다.

아이들은 잘못을 하고 오류를 범할 수 있지만 부모는, 엄마는 아이들의 부족함을 채워주는 몫을 해야 한다. 지금처럼 문명의 혜택을 많이 받고 좋은 것들이 즐비한 시대를 살아도 엄마는 마음의 뒷바라지로 하는 사랑을 먹게 해야 한다. 밥만 하는 일을 하고 살지만, 이렇게 세상을 만나게 된다.

결혼생활을 하고 부부가 함께 밥을 먹고 아이들을 키우면서 식탁, 상, 테이블이 담아내는 것들이 참으로 많고 단어가 주는 다름 이외의 것도 있을 게다. 늘 함께 밥을 먹을 수는 없지만, 가끔 맛있는 라면을 끓여 먹으면서도 즐거울 수 있는 것은 식탁에 모인 가족이 가족애가 있고 없음에 따라 다르다.

휴대폰을 만지느라 조금은 대화도 줄어들어도 나쁜 편은 아니다. 좋은 이야기도 하고, 혹여 아이들과 견해차이가 생기면 남편이 나를 도와준다. 식탁이 나무로 만든 것이든 대리석으로 만든 것이든 더 값어치 있는 게 있는데, 그것은 식탁의 분위기이다.

자주 함께 하지 못해도 밥을 먹는 시간이라도 가족에게

눈을 돌리고 관심을 가져 주자. 이렇게 말하지만 우리는 내가 문제이다. 아이들과 떨어져 살면서 하나라도 더 만들어서 먹게 하려고 늦게 자리에 앉는데, 잘 하는 것이 아니라고 반성도 해본다. 함께 밥을 먹기를 가족들이 원하고 있기 때문이다.

아이들이 왔다 가고나면, 남편과 둘이 밥을 먹는다. 요즘 자주 같이 밥을 먹지 못해서 아주 많이 미안한 중이다. 차려 놓고 나오면서 꼭 메시지를 남기는데 말로 하면 잊어버려서 하나라도 덜 챙겨 들까봐서이다. 예전에는 남편이 무지무지 바빠서 나 혼자 밥 먹는 일이 많았었는데 퉁치자고 할까 보다. 하긴, 나는 외롭지 않았으니까……. 그래도 가급적 함께 밥을 먹을 수 있도록 더 부지런을 떨어야 되겠다.

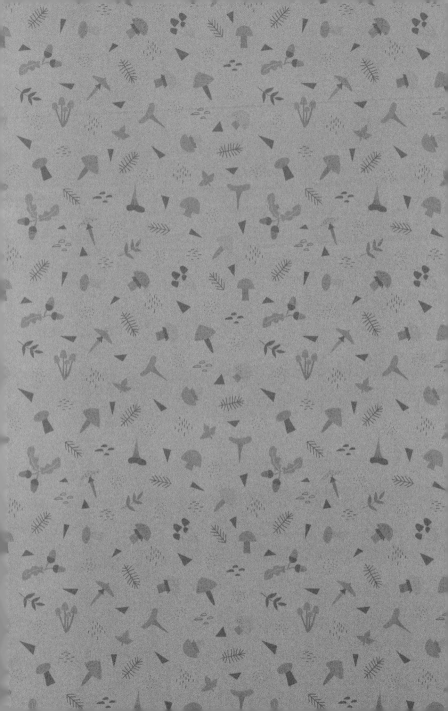

결혼 레시피 2/
장보기:
우리는
어떤 재료일까?

가장 중요한 재료는 나와 당신

결혼을 하면 부부가 주인공이 되어 하루, 이틀, 이렇게 하루에 또 하루를 더 해 살아오면서 살아온 세월의 흔적으로 삶을 데코레이션하게 되는데 그것에 대한 평가는 무엇으로 받게 될까?

일반적으로 부모가 자신들의 결혼생활을 잘 그려내고 담아내고 살았다 하더라도 자녀를 어떻게 키웠는가에 따른 영향을 받는다. 더 나아가서 자녀의 행복한 결혼은 부모가 남은 삶의 데코레이션을 더 멋지고 견고하게 할 수 있게 하고, 잘못된 결혼은 본인들은 물론 부모의 결혼생활까지 흔들리게 해 그동안 데코레이션을 잘 하고 살았다 할 수 없게 만든다.

자녀의 행복한 결혼은 꿈이고, 불행한 결혼은 꿈이었으면 하는 아픈 현실이 될 것이다. 우리는 우리의 부모에게 어떤 것을 남겼나?

딸의 결혼준비와 결혼, 그리고 사위 이야기를 하면 둘이 결혼을 하기로 하고 양가에서 기다렸다는 듯이 초스피드로 상견례를 했는데 어색함이나 불편함 없이 마치 오랜 지기를 만난 것처럼 화기애애한 분위기 그 자체이었다.

그리고 둘 다 청주에서 태어났고, 알고 보니 남편이 재직 중인 대학교 총장님과 바깥사돈께서 중학교 때 같은 반이었다는 재미난 점까지 있는 등 시종일관 하하 호호 거리며 즐거운 시간을 보냈고 결혼 준비는 둘이 알아서 하게 하자고 하였다.

결혼준비는 보통의 그 흔한 남녀의 밀당도 없이 둘이서 잘 조율하고 양가에 좋은 이야기만 전하고 우리 딸도 착하지만 사위가 의젓하게 처리하여 그저 수월하게 할 수 있었다.

양가는 중간 중간 함께 만나서 밥도 같이 먹고 차도 마시면서 아이들 덕분에 덩달아 행복한 시간을 보냈고 함 오는 날, 사돈댁 식사 초대까지 겸해서 했는데 시동생부부와 함께 밤늦게까지 즐거운 시간을 가졌다.

　서로 고마워하고 더 잘 해 보내지 못해서 미안해하며 잘 키워 보내주셔서 감사하다는 진심을 전하는 참으로 따뜻한 자리였다. 이 모든 게 딸 결혼을 시키는 엄마입장에서는 이런 모든 일이 너무나 고마웠다.

　결혼식 때는 안사돈 자매님이 마시는 청심환을 주셔서 마셨는데도 떨렸다. 혼주 입장하기 전에 손을 꼭 잡아 주셔서 비로소 마음이 편안해졌다. 어디서고 잘 떨지 않은 편인데 그날은 예외였다.

　아이들 집도 우리 딸 회사에서 가까운 곳을 기준으로 보러 다니셨다는데 어떤 데 가니까 아파트 화장실에서 딸 회사가 보이는 곳이었다고 해서 웃었다. 아파트를 샀는데, 아파트에서 딸은 걸어서 15분, 사위는 통근버스 타고 12분 걸린다.

　애들이 결혼을 하고서도 양가 부모들끼리 보고 싶어서 명분을 만들어서 만나면 밖에서 식사를 하는데, 절대 먼저 가자는 말씀도 없고 집에 가시자고 하면 차만 마시고 나오실 정도로 친정엄마인 나보다 더 우리 딸이 편할 수 있게끔 해주신다. 밑반찬을 만들어 놓고서도 다 먹었다는 연락을 하기 전에는 가져가라고 하지도 않으신다. 그래서 내가 시어머니가 된 착각이 들 정도이다.

결혼을 하고 몇 달이 지나고 제법 요리에 익숙해졌을 때, 딸이 해드리는 음식을 "우리 며느리가 만들어 줬어요"라고 사진 찍어 보내주셨다.

그날 내가 제주도 여행을 갔다 와서 사온 것들을 전하려고 들어갔다 함께 시간을 보냈는데, 수박껍질은 다 버리고 수박만 썰어서 갖고 오셨고 맞벌이 하느라 정해진 날에 버리기 힘들다고 심지어는 음식물 쓰레기통까지 들고 오셨다. 그 마음에 감동을 받았다.

그리고 제사 때에는 며느리인 우리 딸은 일을 하나도 시키지 않고 먹이고 한보따리 싸주셨다고 했는데, 이런 사돈의 모습을 보면서 나도 좋은 시어머니가 되어야겠다는 결심을 했는데, 할 수 있을지 모르겠다.

안사돈끼리는 수시로 문자 메시지를 주고받으며 하트를 받은 것보다 한 개라도 더 많이 보내고, 바깥사돈들도 안부 전화를 주고받는다.

오랜 친구를 만난 것보다 더 편하고 좋은 분을 만나는 인연이 만들어졌으니 딸의 결혼은 참 커다란 행복을 가져다주었다.

결혼이란, 새로운 만남과 소중한 인연을 가져다주기도 하지만 모두들 그런 결혼을 하게 하는 것은 아니다. 사랑해서 결혼을 하는 기본적인 출발에서 한다고 해도 각자가 생각하는 중요한 것이 다르고 조율을 하지 못한 채 결혼을 하기도 해서 모두가 좋지만은 않다.

우리 애들이 결혼준비를 할 때 거의 같이 다녔다. 우리 딸이 내 안목을 믿어서 꼭 같이 다니자고 해서 따라 다녔는데 (같이 갔다가 일만 봐주고 당연히 빠져줬지만), 친정엄마라서 해야 할 일을 하는데도 사위가 진심으로 고마워했고, 사돈댁에도 번번이 인사를 들어서 오히려 송구스러울 정도였다.

당연한 일을 특별한 일로 생각해주시니 더 잘할 수 있는 힘이 되었고 즐거운 시간을 함께 할 수 있어서 아이들 결혼준비 덕분에 일상이 행복했고 내가 엄마의 몫을 할 수 있어서 참으로 좋았다.

시댁에 보내는 혼수도 정말 실속 있게 불필요한 것은 다 생략하라시고, 조금의 마음 상함 없이 이렇게 마음 편히, 수월하게 딸 시집을 보내도 되나 싶을 정도였고, 사돈댁도 우리

도 우리가 이렇게 좋아도 되나요? 라고 꿈같아서 몇 번이고 말할 만큼 말이다.

결혼준비를 하면서 대략은 결혼생활이 보이는데, 역시 딸의 결혼생활을 보면서 아직 신혼이지만 이 아이들이 사는 모습을 보면 흐뭇한 미소가 절로 나온다.

사위가 딸보다 세 살이 많아서 아직 호칭이 '오빠'인데, 오빠라는 호칭에 딱 맞는 의젓한 면모를 갖고 있어서 큰아들이 생긴 듯하다. 아니 큰아들이다. 그래서 아들 삼형제를 갖게 되었는데 결혼사진을 보면 사위가 우리 아들 같다는 이들이 많아서 웃곤 했다.

어른들 앞이라고 잘 보이려 한다고 그렇게 보일 수 있는 것이 아닌 것이 우리들 연배가 되면 진실과 거짓이, 아니면 척하는지 다 보인다. 그것은 세상을 제대로 살아온 사람이라면 다 알 수 있는 것이니까.

우리 사위는 야구를 무척 좋아해서 주말에는 야구시합을 하러 가는데, 알고 있던 일이기도 하지만 신혼 초임에도 주말에 혼자 집에 있어도 우리 딸은 잔소리를 하지 않는다.

지난 봄에 남편의 고등학교 기수의 야구팀에 선수가 모자라서 사위가 시합에 뛰게 되었는데 선수들이 장인어른의 친구들임에도 예의바르게 어른을 대하는 태도의 표양을 보여주었다. 그런데다가 포지션이 숏스탑이라 남편 친구들한테 인기가 더 많았는데 그날 홈런까지 쳐주어서 우리의 어깨가 으쓱해졌다.

경기 후 회식 자리에서 사위의 진면모를 볼 수 있었는데, 처음 나간 자리라 어려웠을 텐데도 아주 깍듯이 재빠르게 필요한 것들을 챙겨 주는 모습을 보면서(아직 여자들 중에서도 그런 매너를 본 적이 없는데) 놀랍기도 하고 우리 사위의 직장에서의 그림이 그려졌다.

나도 동작이 바른 편인데 사위는 적재적소 상황에 맞게 처신하고 응대하는 것을 보면서 흐뭇하다 못해 볼수록 사위를 향한 팬덤 비슷한 것이 형성되었다.

그래서 사위 이야기만 나오면 너무 좋아서 사람들이 사위봐서 좋으냐고 물으면 1초의 망설임 없이 "네. 좋아요. 너무 좋아요. 신나요!"라고 답하게 되는 사위바보가 되었다.

이 일뿐이 아니라, 결혼할 때 양복 맞춘 곳에서 양복을 더 맞추자니까 비싸다고 굳이 묻고 물어서 좋은 곳을 찾아서 거기서 맞추게 되었는데 거기서도 더 좋은 것을 해준다고 해도 그 정도면 충분하다고 극구 사양을 해서 사위가 하자는대로 해줄 수밖에 없었다. 특별히 욕심 부리지도 않고 딱 필요한 것만을 하는 절제와 무슨 일을 해도 그냥 하는 일없이 찾아보고 지인들한테 좋은 정보를 얻고도 본인의 주장을 내세우기보다는 이런저런 게 있는데 어떠시냐고 하며 상세히 설명을 해주고 선택을 하게 한다.

나는 처음부터 우리 사위한테 반했었는데 남편은 아무래도 나보다 덜 만나서, 늦었지만 이제는 확실한 사위의 매력에 대해 알게 되었다.

사위는 대화를 할 때도 부정적인 말을 하지 않고 긍정적 차원에서 바라보고 말을 한다. 우리 아들들한테도 맏형다운 면모로, 사회생활의 선배로서 조언도 해주고 나한테는 아들들 걱정을 하지 않게 애들 칭찬과 좋은 이야기를 많이 해 마음이 편하게 해준다.

나는 결혼을 할 때, 어떻게 살아갈 거라고 그림을 그리지도 않았고 내 선택에 대해 뒤돌아보지 않고 주사위를 던졌다. 어떤 숫자가 나와도 거기에 맞추어 살아가려고 했었고 누구나처럼 처음에 받아든 도화지는 흰색이었고 혼자 그린듯하나 결혼은 혼자 그림을 그리게 하지는 않고 언제나 합작품을 내게 한다.

우리 부부가 그려내는 그림에 아이들과 그리고 사위, 이 다음에는 며느리들까지 함께 그려내어 그려낸 그림을 합하면 비로소 완벽한 데코레이션을 하게 될 것이고, 지혜로운 우리 아이들이 행복한 결혼생활을 할 것이라는 믿음과 소망을 담아 보낸다.

우리는 언젠가 떠날 것이지만 우리의 삶의 흔적은 그대로 남아 있을 것이므로.

요리 재료는 깐깐하게,
사람에게는 관대하게

요리를 잘 하는 사람들은 재료선정에서부터 깐깐하다. 좋은 재료를 준비해야 좋은 음식이 나오는 것은 당연한 일이나 좋은 재료가 꼭 비싼 것이지는 않다.

요리의 주제와 맞는 재료선택이 중요한 것이라 고기요리는 좋은 고기를 써야 하고 채소가 주가 되는 요리는 좋은 채소를 써야 하는 아주 기본적인 것부터 제대로 준비하고 나면 반 이상은 해놓았다는 생각에 여유가 생기고 이런 것은 모두 익숙함에서부터 나오는데 처음부터 잘 하는 사람보다 자주 하면서 실력이 늘어간다.

그런데 결혼을 할 때 조건을 많이 따지거나 까다롭게 배우자를 고르는 사람들은 바라는 만큼 조건을 갖춘 사람과 만나기 쉽지 않아 결혼이 늦어지거나 때로는 포기하기도 한다.

대부분 이상형의 배우자가 있을 것이나 자신의 조건을 생각하지 않고 눈만 높은 사람들을 보면 그래서 걱정스럽다.

음식은 솜씨가 없으면 취향에 맞게 사 먹어도 되지만 사람은 그렇지 않은데도 당연한 듯이 조건부터 따진다. 또 당사자들은 마음에 있어 하는데 양가에서 자기 아들딸의 입장은 생각하지 않고 많은 것을 요구해서 결혼이 안 되는 경우도 많이 있다.

우리 아이들이 커가면서부터 밖에서 젊고 멋진 사람을 보면 자연스럽게 눈길이 가고, 버릇 없는 사람을 보면 우리 애들이 저런 사람을 만날까 걱정이 되었다. 그래도 아이들의 안목을 믿고 있었는데 우리 딸은 역시 그 기대를 져버리지 않고 정말 좋은 배우자를 만나 우리에게는 너무나 좋은 사위를 보게 해주었다. 딸의 결혼은 더없이 좋은 사돈을 만나게 해주었고 이렇게 '좋다'는 단어를 자꾸만 쓰게 된다.

좋은 인연은 따로 있는가 보다 싶은 게, 같은 직장에서 만나 사위가 다른 직장으로 옮겼어도 친분은 유지하고 있었는데 정식교제를 시작한 것은 결혼하기 일 년 전쯤부터였다.

물론 서로에 대해 파악할 수 있는 충분한 시간적 여유가 있었다지만 오래 알고 지낸다고 다 결혼까지 가지 않아서 처음부터 사위가 마음에 쏙 들었지만 긴장을 할 수밖에 없었다. 우리 딸은 신중하고 사려 깊은 성격이라 이 아이의 선택은 믿을 수 있었다.

우리 딸을 보면 우리 친정엄마한테 많이 미안하다. 나는 딸을 결혼시키고 걱정이 없어졌지만, 우리 엄마는 나를 결혼시키고부터 하루도 마음 편하게 살지 못했었다. 손녀딸의 결혼은 외할머니까지도 행복하게 해준 선물 같은 것이 되었다.

이제 쌍둥이 아들들이 남았는데 지금 한 아이는 좋은 친구를 만나 예쁘게 사귀고 있다. 이 아이는 우리에게 색다른 즐거움을 주는데 만나서 한 이야기도 들려주고 같이 찍은 사진까지도 다 보여주는 등 실시간 전달을 해준다. 둘의 교제는 그 아이의 부모님도 다 알고 있다고 했다.

사진을 보면 둘이 많이 닮아서 신기하다. 우리 갤러리에도 왔었는데 남편 친구들 접대 때문에 인사만 나누었는데도 정말 참하다는 생각이 들었다. 남편도 나와 같은 생각이었다. 우리 가족은 모두 그 아이의 팬이 되었다.

둘이 자주 만나지 못해서 틈만 나면 통화를 하는데 어떤 날은 두 시간 이상, 어떤 때는 짧게 하고 끊는다. 그럴 때 왜 빨리 끊었냐고 하면 그 아이가 일찍 자고 내일 시합에 나가야 한다고 해서 참 지혜롭게 사귀는구나 싶어 흐뭇했다. 옆에 앉아 통화를 하여 듣게 되는데 들으면서 절로 웃음이 나서 이 아이들의 사귐은 우리 가족에게 엔돌핀이 되었다.

서로에게 좋은 이야기도 해주고 그 아이가 경기를 하기 전에는 마음의 안정을 얻을 수 있는 그런 대화를 한다. 그 아이 엄마도 운전을 해주면서 둘이 통화를 할 때 웃으신다고 해서 우리와 비슷하다는 생각이 들었다. 아이들이 커가면서 부모와 공유하는 것이 많지 않을 수도 있는데, 둘 다 어른들이 다 알고 가족들이 다 알고 있는 오픈된 상태에서 사귀니까 마음도 놓이고 착한 만남을 이어가서 응원을 하게 되고 참 좋다.

우리 부부의 대화 중에 빼놓을 수 없는 것이 이 아이들의 연애이고 기쁜 일 중의 하나인데 대화가 통하는 것 이상으로 좋은 것은 없다고 생각한다.

우리 부부는 항상 많은 대화를 하는데 서로의 마음을 더 많이 이해하게 되고 더 좋은 사이를 유지하게 되고 모든 분야에 걸쳐 다양한 이야기를 나누게 되어 대화시간이 늘어 간다. 부부는 말을 하지 않고 지내면 점점 더 할 말이 줄어 들게 되고 대화의 단절은 둘 사이를 멀어지게 한다. 그만큼 대화는 중요한 것이다.

나는 요리의 재료 선정에는 깐깐하지만 사람에게는 너그럽고 싶다. 먹어 없어지는 요리도 마음에 남는데 사람 간의 좋은 관계는 삶에도 도움이 되고 좋은 말을 하면 함께 기쁘게 된다.

그래서 요리를 잘 한다는 평가보다는 말을 예쁘게 한다는 말을 들으면 더 좋다. 말은 마음에 있는 것을 꺼내 보여줄 수 있는 연결고리이다.

내 돈을 써가며 음식봉사를 할 때 고맙다는 말과 함께 할 수 있는 여건이 되니까 하는 것 아니냐고 했던 사람이 있었는데, 틀린 말은 아니다. 하지만 굳이 그런 말을 한 것은 말주변이 없는 사람이었다는 것을 알고는 있었지만 같은 말이라도 참 밉게 한다는 생각이 들었다. 오랜 세월이 지나 그 사람의 부인과 같이 기도모임을 할 때 예전에 봉사한 칭찬의 말을 들고서 웃음이 나왔다.

성당에서 나이 드신 어르신들이 '복 받을 거야!'라는 말을 많이 해주셨는데 지금도 그 말이 복이 되어 돌아와 사는 데 힘이 되었다.

요리를 하는 사람은 맛있게 먹어주면 상대방이 좋아하는 음식을 만들기 위해 장을 보게 된다. 이런 수고로움도 보람으로 느껴 힘든 줄도 모르게 되고, 직접 만들어 주지 못하고 사 먹을 때도 잘 먹어주면 보는 것만으로도 흐뭇하다.

맛있는 음식은 그리움으로 남는다. 대화는 보여지지 않고 지나가지만 마음 깊이 남게 되어, 맛있는 음식을 먹으며 대화가 잘 통하는 사람을 좋아하게 되고 더 가까워지게 된다.

멋지게 차려놓은 식탁에서 무거운 침묵이 흐르고 대화가 없다면 무슨 맛으로 먹을까. 아니 무슨 재미를 느끼며 살고 있을까. 또 식탁에서 잔소리만 하고 서로 탓만 하는 그런 모습으로 사는 이들이 있다면, 만약 이렇게 멋없이 사는 부부는 먼저 잔소리를 멈추고 따뜻한 대화를 시도해보기를, 그대가 배우자를 고르기 전이라면 참고하기를!

조건은
실제와 다르다

결혼을 할 때 특별히 외적인 조건에 대해 따지지 않고 결혼을 준비했고 준비하면서 생각했던 것과 많은 차이가 있었어도 그대로 결혼을 밀고 나간 것은 무모한 선택이었을지도 모른다. 하지만 주사위를 던져 어떤 숫자가 나와도 잘 맞춰서 살아가리라는 자신감이 없었다면 하지 못했을 것이다.

이런 사람은 싫다고 내세운 세 가지 싫은 조건을 다 갖춘 사람이 내 남편이었는데도 말이다. 아버지는 지독히 무뚝뚝했고, 살가운 대화 한 마디 주고받은 적이 없었다. 그래서 경상도 남자가 아닌 사람, 학교 때 선생님들한테 상처를 많이 받아 교육자는 제외, 내가 워낙 아무 것도 할 줄 몰라서 맏아들도 제외였다. 그런데 이런 싫어하는 세 가지 조건을 다 갖춘 사람이 바로 내 남편인데도 결혼을 하였으니 내가 참 실없는 사람이거나 모자란 사람인가 보다.

경상도 남자, 종갓집 장손, 대학교수. 거기다 생각지도 않은 까다롭고 깔끔한 걸로 따지면 그 누구한테도 밀리지 않는 그런 성격을 가진 거기다 예술가인 남자이니.

아무튼 내가 선택한? 나를 선택해준? 이 사람과 부부의 연을 맺고 지금까지 살고 있다.

빠르고 실리적인 집안과 매사에 느리고 보여지는 것을 중요시 하는 집안과의 만남은 좋은 조합은 아니었고 시끄러운 소지를 다분히 안고 있었지만 남편이 다 막아줬다. 자기가 나를 힘들게 하는 일이 있어도 지금까지 살아오면서 시댁에서 내 흠을 말하는 경우를 본 적이 없고 나를 믿어 주고 챙겼다. 그리고 시아버지께서도 돌아가실 때까지 나를 어여뻐 해주셨고 항상 내 편이 되어 주셨다. 성질 까다로운 당신 아들과 잘 살아서 장하다고 하셨다.

원래부터 사람 잘 챙기기로 유명한 내 성격은 우리 시댁과 잘 맞았다. 좋은 것이 있으면 남편보다 아버님께 사드렸고 아버님과 많은 대화를 하면서 힘을 얻었다. 아버님은 아무한테도 하지 않은 고단한 당신의 삶을 이야기해주시고 '어른이라고 다 맞는 것이 아니다. 네가 다 이해하고 처신하기를 바란다'는 말씀을 들으며 내가 해야 할 도리에 대해 명확히 새길 수 있었다.

얼마나 나를 좋아하셨나 하면, 가끔 서울에 오시면 아무 집에도 주무시지 않고 바로 내려가시는데 내가 "아버님! 아가씨 집에서 주무시고 가세요!"라고 말씀 드리면 내 말대로 해주신다. 다들 알기 때문에 나한테 말을 하라고 눈짓을 줄 정도였다.

지금도 기억나는 것은 밀양에서 종친회를 마치고 시댁 어른들이 다들 헤어지기 아쉬워하며 나한테 사인을 보냈고 나는 "아버님! 옷이 조명을 잘 받겠어요. 춤추러 가요." 라고 해서 직계 일가친척 분들과 나이트클럽을 통째로 빌려 마음껏 춤을 췄다. 경비부담은 아버님 몫이었지만 그 정도로 며느리를 좋아하셨다.

남편과의 관계가 정말 힘들 때면 당일치기로 부산까지 가서 돌아다니다가 아버님만 만나고 올라온 적도 있는데, 남편과 사이가 좋지 않다고 쪼르르 친정에 가면 친정 엄마가 아무 도움이 안 될 거라고 생각했기 때문이다.

아! 아버님 너무 보고 싶다.

어쩌면 결혼생활이 힘들 때도 쉽게 접지 못했던 이유 중의 하나가 아버님 때문이었을지도 모른다. 당신의 사별은 선택은 아니지만 그 좋은 첫 부인에 대한 그리움이 왜 없었겠는가. 어머님이 돌아가시고 작은 아버님들께서 십 년 동안 슬퍼서 산소에 갔다가 울고 오셨다는 이야기를 해주셨을 정도로 좋은 분이셨다고 했다. 스물여덟의 젊은 나이에 사랑하는 어린 아들을 두고 어떻게 눈을 감으셨나 생각하면 너무나 슬프고 불쌍하다.

내가 남편과 갈라섰다면(다 그렇지는 않겠지만) 우리 아이들 또한 새엄마 밑에서 상처를 안고 살게 될 거라는 생각을 하게 됐는데, 마음의 상처는 가계전승이 된다고 생각했기 때문이다.

남편은 엄마 얼굴을 잘 떠올릴 수 없지만 너무 그리워 해서 꿈에 한 번도 나타나지 않은 엄마를 원망하기도 한다. 책상 서랍에 넣어 뒀다던 단 한 장 남겨놓은 사진도 누군가 버렸는지 없어져 안타까워했다. 그렇게 그리운 엄마의 흔적이 세상에 남아 있지 않으니, 생각만 해도 슬픈 일이라 지금도 울면서 글을 쓰고 있다.

이렇게 남편에 대한 이해는 모든 것을 참아 내게 하는 힘이 되지만 가끔 억울한 생각도 든다. 모른 척 하고 미워하려 해도 왜 그런지 알고 있으니 그것도 잘 되지 않는다. 그런데 세상에는 공짜가 없다. 참아온 시간이 헛되지 않은 것은 남편이 원래부터 갖고 있던 너그러움과 자상함이 나에게 큰 힘이 되어 주고 지지자가 되어 주었기 때문에, 지금 이렇게 책을 쓸 수 있다.

또 하나는 아이들과 문제가 생기면 중재를 하거나 설령 내가 틀렸어도 내 말이 맞다고 동의를 해 주어 한 고비를 넘기면 마음이 누그러진다.

우리 아이들은 셋 다 엄마 아빠보다 할머니를 닮았다는데 재능까지도 그렇다. 당신의 의사표현을 잘 하셨고 노래도 잘 하셨다는데 남편도 노래를 잘 하고 쌍둥이도 잘 한다. 우리 딸도 할머니 성품을 많이 닮았다 싶은 게 이 아이는 공격적인 말을 하지 않으며 말이 빠르지 않아도 할 말은 다 한다.

우리는 결혼을 할 때 각자의 기준을 갖고 선택을 한다. 그러나 살아오다 보면 참 많이 달라져 있음을 서로의 모습을 통해 보게 된다. 그래서 원래부터 그런 사람은 없다.

나는 그리 똑똑하지도 않고, 쌍둥이를 낳고 수혈을 받고 C형간염이 걸려서 오래 아팠으며, 다 나은 지금은 근골격이 나빠져 제대로 주부로서의 역할을 해내지 못한다. 그래서 5년 전부터 남편이 다림질거리를 세탁소에 맡기고 찾아온다.

통증 때문에 병원에 입원하기도 했는데 얼마 전에는 지하철 역사에서 넘어져서 팔꿈치를 다쳐 반 깁스를 하고 대충 밥을 차리고 있는 중이다.

결혼 전 그렇게 건강하던 몸이 살면서 이렇게 나빠지고 나니 내 남편 아니면 누가 나를 데리고 살겠나 하는 생각이 들어 무력감을 떨쳐내고, 자상하게 챙겨주는 남편을 보면 애처롭기까지 하다. 집에서 내가 하는 일은 얼마 안 되고 남편이 집안일뿐만 아니라 마당일도 하고 있고 쓰레기 정리며 어질러진 것들까지 모두 남편이 치워준다.

내가 세운 세 가지 조건과 다 맞지 않은 남자를 선택해서 결혼했지만 그런 조건은 아무 것도 아닌 양 잘 맞추며 살아올 수 있었던 것은 내 선택에 책임지고 살았기 때문이다. 사람 관계는 주는 사람과 받는 사람이 일방적으로 정해진 것이 아니며 부부사이는 더욱 그렇다.

사랑받고 싶어 나와 결혼 한 남편은 나에게 사랑을 주고 있고, 사랑이 넘쳐 주는 것을 좋아하는 나는 지금 사랑을 받고 있다. 줄 수 있는 여건이 되면 아낌없이 주고 싶은 마음을 담고 살아왔기에 줄 수 있는 것이고 누가 더 많이 주었다 내세울 수 없게 만드는, 설령 준 것이 많았어도 받게 되어 억울할 것도 없는 그런 사이가 부부이다.

함께 평범에서
행복을 찾는다

결혼은 함께 삶을 살아내는 것이다. 함께 살아가야 할 장소, 즉 집이 차지하는 비중은 크고 때로는 여러 번의 선택을 하게 되기도 한다. 우리는 서울에 살다가 이곳에 연구실을 지어놓고 주말마다 왔는데 아이들 어릴 때의 두 집 살림은 힘들었었다. 그래서 정착을 하고 싶었다.

남편한테 서울생활 정리하고 이곳에서 살자고 했더니 한 달을 고민을 하더니 그러자고 해서, 왔다. 고민의 이유 중 하나가 딸아이를 사립초등학교에서 전학을 시켜야 하는 것도 포함되었다. 전학을 와서 이곳 학교에서 혼자 우는 모습을 보고 마음이 아팠다. 갑자기 너무나 달라진 환경에서 많이 힘들었을 것이라는 것을 알면서도 서울로 돌아갈 수 없었다.

우리가 이곳, 곤지암으로 아주 이사를 왔을 때 남편친구 부부들이 내기를 했다고 한다. 남편들은 내가 오래 못 살고 나올 거라 했고 부인들은 내가 지혜로워서 살 거라고 했다는데 그 이야기를 듣고 한참 웃었다. 사실, 지혜로움과는 거리가 멀지만 이곳에서 살아야만 하는 이유는 있었다. 할 수없이 최선의 선택을 한 것이라고 우길 수도 있지만 선택에 대한 후회는 하지 않는다.

만약에, 서울에서 계속 살았더라면 이런 돌아봄 없이 지금 이 자리가 바로 내 삶의 자리라는 생각으로 가급적 즐겁게 살려고 노력했다. 앞을 보면서 보여지는 것들, 이곳에서 얻어진 것 또한 많기 때문이다. 서울에서 아이들은 감기를 달고 살았고 나도 전기장판을 끼고 살았다. 이곳의 맑은 공기 덕분에 아이들은 감기에 덜 걸렸고 나는 한겨울에도 그리 추위를 타지 않는다. 흙을 밟고 살면서 얻어진 것들은 일일이 열거할 수 없을 정도이다.

결혼을 하고, 누리고 있는 것들은 저절로 생긴 것이 아니라 삶을 만들어 내면서 살아가고 가꾸어 가며 선택에 대한 책임을 지고 얻어진 것들이다. 나보다 잘 살고 있다 싶은 사람을 보고 시기 질투할 필요는 없다. 마음의 궁핍은 판단을 흐리게 한다. 남과 비교하여 바가지를 긁는 고전적인 오류를 범하지 말기를. 나는 나, 남은 남. 남들이 얼마를 가지고 살건 어떻게 살건 보여 지는 끝없이 넓디넓은 하늘과 푸르름이 가득한 저 멀리 보이는 산의 풍경까지도 내 것이라 생각하기에 나는 부자이다.

　　그리고 공기 좋은 곳의 마당에서는 얻을 수 있는 것들이 많은데 일일이 이름을 다 모르는 먹거리들은 이 맛있는 공기를 먹으며 자랐다. 호주에 가서 살 때, 깨끗한 환경의 공기가 우리 곤지암의 공기보다 싱겁다는 생각을 해봤는데 우리 집에는 토종 소나무가 많고 호주의 나무에서는 그런 공기가 생성되지 않는다고 결론을 내렸다. 우리 집에 왔던 이들도 공기가 그립다는 말을 하곤 했으니 내 추론이 엉터리는 아닌 듯 싶다.

봄에는 썬크림 바르고 모자 쓰고 오라고 공지를 내고 지인들이 오면 고기 구울 준비를 하는 동안 칼 한 자루씩 들려주고 민들레를 캐오라 한다. 민들레를 무쳐내면 파 무침이 필요 없고 고기와 조화를 이룬다. 나물 캐는 동안 자연과 사람과의 어울림이 생기고, 자연에서 얻은 것들과 맛의 조화를 이루어 내는 것이다. 여기에다 비장의 무기인 땅에 묻은 김치를 꺼내면 체면치례 하지 않고 다들 잘 맛있게 먹는다. 배추김치는 숭덩숭덩 대충 잘라야 맛있는데 무수리 스타일이 나온다.

예전에는 이곳에서 남편도 바쁘고 아이들도 학교 다니느라 바쁘고 나에게는 혼자 있는 시간이 많이 주어졌다. 그래서 봉사자 학교며 공부하는 자리에 많이 갔다. 무언가를 배우기 위해서는 밥시간을 놓치게 되는 경우가 생기는데 나는 봉사자들을 챙겨주는 것을 좋아했다. 그 중에 갖가지 잡곡을 넣고 밥을 두 솥을 해서 뜨거운 밥을 식힐 새도 없이 소금과 참기름, 통깨를 듬뿍 넣고 밥을 비벼서 김 주먹밥을 만들면 손바닥이 벌겋게 된다. 잡곡알갱이들의 어우러짐과의 조화는 특별한 것들이 들어가지 않았음에도 맛있어 하고 방학을 하게 되어 쉬는 동안에 눈앞에 주먹밥이 왔다 갔다 한다는 분도 있어서 웃기도 했다.

가끔 주먹밥과 함께 먹는 칡냉면은 커다란 주먹밥 두세 덩어리에 칡냉면의 국물 한 방울까지도 비우게 했다. 이렇게 음식으로 마음을 담아내고 살다보니 마음과 솜씨가 함께 성장한다.

33년 차인 지금도 매일 손가락으로 새로운 요리를 눈팅하고 휴대폰에 저장해놓는다. 연식이 이 정도 되어서인지 모방보다는 응용을 하게 되고 아직도 음식을 통한 소통을 좋아하고 즐겨한다.

사실, 내 음식솜씨는 가정 안에서 이루어졌다. 퇴근 하면서 식사 때 갑자기 이루어지는 주문 덕분에 빨리 맛있게 하고 재료가 없으면 순발력으로 대체해서 만들어 낸다. 이렇게 살아온 게 어차피 하고 살아야 하는 일이 나의 특기가 되어 음식으로 마음을 나눌 수 있으니 즐겁다.

많은 양의 음식은 재료의 어우러짐으로 더 맛이 있다. 1인분은 하기 힘들다. 1인분 기준은 양의 차이 때문에 어렵다. 모자라면 야박한 것 같아 넉넉히 하다보니 늘 손 큰 사람이라는 말을 듣는다. 전업주부이지만 백조라는 생각보다는 주부라는 직업을 가지고 있다는 생각을 하기에 나를 당당하게 만들어 준다.

남편은 박사과정 모임에서 술을 곁들이는 경우가 많아서 그럴 때는 집에 오지 말고 학교 연구실에서 자고 오라고 했다. 이 남자와 살면서 집에 늦는다고, 못 온다고 닦달해본 적은 없다. 나는 내 자리에서 내 시간을 즐기고 살았기 때문이다.

혼자 있는 시간이건 함께 있는 시간이건 시간은 늘 귀하다. 바쁘다가 주어진 여유로운 시간은, 그 시간이 가는 게 아까워 잠을 안 잘 때도 있다. 이렇게 씩씩하게 살다가도 남편과 나이 차이가 나는 데도 불구하고 내 나이보다 의젓한 척 살았던 게 슬퍼 펑펑 운적도 있다. 그러나 나이 차이는 나를 성장하게 하고 지적 사고의 성숙을 갖게 했다. 서로의 성격 차이는 잘 살아 내기 위해서 맞출 수 있는 능력을 키워주었고 나와 다른 사람들과도 잘 지낼 수 있게 해주었다.

나는 냉커피를 좋아하고 남편은 따뜻한 봉지커피를 좋아

한다. 가끔 봉지커피 두세 개에, 인스턴트커피 한 티스푼 넣고 기절할 물 온도로 냉커피를 만들어 먹으면 달달하니 무척 맛있다. 그럴 때는 남편과 나눠먹기도 한다. 물론 이 때도 유리잔에 빨대를 꽂는다.

주로 남편이 좋아하는 음식을 만들고 내가 먹고 싶은 거는 혼자 먹을 때 만들어 먹는데 담백한 것을 좋아하는 닮은 입맛도 가지고 있다. 닮은 면이 다른 면보다 많은데도 잊고서 다른 게 많다는 생각을 하게 된다. 같으면 같은 데로 다르면 다른 데로 좋다.

때로는 먹고 싶은 게 있으면 혼자 사먹고 들어온다. 혼자 밥 먹으러 가는 것도 즐기는데 자유로움은 잠시의 외로움을 이기게 한다. 가끔 2인분부터 주문되는 것은 남편과 가기도 하는데 1인분 파는 집을 주로 간다. 요즘 바빠서 못 갔는데, 곤지암 터미널 쪽에 쭈꾸미 집이 있는데 1인분도 웃으며 맛있게 만들어 내준다. 그동안 틈틈이 무언가를 배우고 준비를 한 것은 남다른 열정 때문만은 아니다. 전업주부로만 살아왔기에 혼자 있는 시간이 많이 주어졌다. 시간의 활용을 통해 달란트가 무엇인지도 알게 되어 자기계발도 하고 이 달란트를 쓰면서 살고 있다.

결혼은 어젯밤에 잠을 자고, 오늘 아침 눈을 뜰 수 있는 일상의 평범함이 얼마나 소중한 것인가를 알게 해준다. 소중한 사람들이 옆에 있기에 더 귀하다. 봄의 마당을 거닐면 싱그러움과 푸르름의 미학을 느끼고 계절이 주는 풍요로움으로 시작하고 보내며, 자연 안에서 부유함을 느낀다.

봄에 서울에 나가면 비싼 땅값을 딛고 사는 대가로 미세먼지에 시달린다. 무상이라고 생각되는 공기의 값어치이고 이처럼 불편함 대신 얻을 수 있는 것들이 있다. 어디에 살던 가끔은, 마음의 여유를 갖고 훌쩍 떠나보자. 버스를 타고 근교로 나가서 맛있는 공기를 마시고 차 한 잔을 마시는 여유를 가지면서 충전을 해놓자. 이렇게 투자한 시간이 귀하게 쓰여질 테니까. 돌아가 살아가야 할 시간과 결혼생활을 위하여……

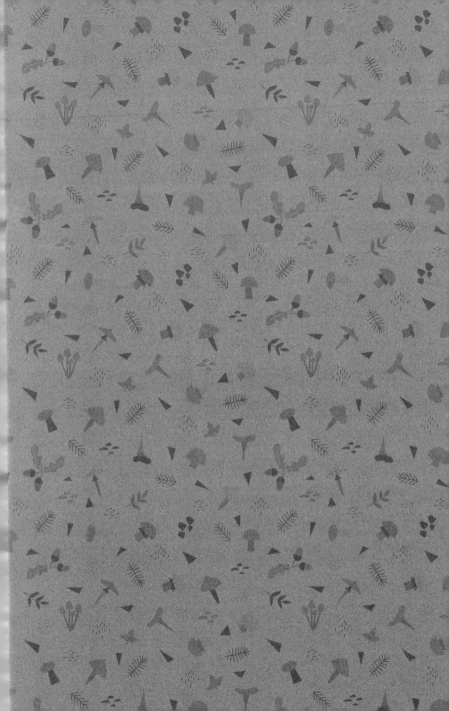

결혼 레시피 3/
재료 다듬기:
다듬고 닦으며
서로 알아가는 과정

나를 포기하고
나를 더 잘 알아가는 과정

결혼은 사랑이 전제가 되어야 한다면 그 다음 중요한 것은 무엇일까?

결혼을 하는 이유는 많겠지만 흔한 말로 사랑하는 사람과 떨어지기 싫다는 이유로 결혼을 하는 사람들이 있다. 그러나 결혼을 한다고 해서 항상 같이 붙어 있을 수 없다.

예외는 있겠지만, 신혼여행을 다녀오면 결혼 전의 자리로 돌아가 일을 하게 된다. 맞벌이를 하면 퇴근 후에 만날 수 있을 것이고 아내가 전업주부라면 아내는 집에서 남편을 기다리게 된다.

결혼 전에는 바쁘더라도 보고 싶어서 일부러 시간을 만들어야 한다. 그러나 결혼을 하면 기다리거나 기다려주는 사람이 있는 곳, 가정으로 돌아가게 된다. 이처럼 결혼을 하면 누군가는 기다려야 된다. 기다림의 미학을 알아야 한다. 즉, 혼자 있는 시간을 잘 보낼 수 있어야 긴긴 결혼생활을 잘 해나갈 수 있다.

결혼 전에는 홍길동이라는 별명을 가졌을 만큼 여기저기 잘 다니던 사람이 결혼을 하고 홈 키퍼가 된 사람이 있다. 바로 내 이야기이다.

친구 하나 없는 곳에서 오로지 남편만 바라보고 기다리는 시간을 보내면서 늦으면 베란다에 슬리퍼 깔고 앉아서 주차장을 내려다보다가 남편 차가 들어오면 얼른 계단을 내려가서 남편 손을 잡고 올라오곤 했다. 나중에 들으니 밑에서 올려다보면 목을 길게 빼고 자기를 기다리는 모습이 불쌍했다고 했다.

가끔은 남편이 여러 가지 사정으로 늦거나 집에 들어오지 못했다. 그러나 어떤 상황이든 기다리는 몫만큼은 잘해냈다고 자부한다. 학생들하고 MT를 가느라 처음으로 집을 비윘을 때 다녀와서 첫 외박기념이라며 예쁜 액세서리를 친정 엄마 것까지 사다 주었다. 외국여행을 다녀오면 꼭 크고 작은 선물을 사다 주었다. 지금까지도 소중히 간직 중이다. 지난 시간은 늘 추억된다.

학교에서 가마에 불을 때고 밤을 새워야 해서 갈아입을 옷을 가져오라고 해서 옷과 함께 간단한 야식을 챙겨서 갔는데 따라 나오지 못한다고 미안해하는 모습을 보고 돌아서서 집에 오면서 이 사람을 위해서 내가 할 수 있는 일은 그냥 침묵하고 기다려주는 것이라는 생각이 들었다. 지금까지도 그 마음으로 살아간다.

부부가 살아가면서 직업적 특성이든 무엇이든 서로에게 해줄 수 있는 것은 다르고 해야 할 일도 다르다. 내가 할 수 있는 것은 말없이 기다려주는 것이라는 것을 그때 깨닫게 된 것이 다행이었다.

내 자리에서 침묵의 내조를 하는 것이지 눈치를 보는 것도 아니고 신혼 초부터 바쁜 남편에게 서운한 점이 없었던 것은 아니지만 잘 참고 살았더니 대접도 받고, 지금처럼 평화롭게 살아가고 있다. 적금과 보너스를 동시에 받는 것처럼 든든

하고 세상에 거저는 없다고 생각이 든다.

그럼 그 긴긴 시간을 어떻게 보냈을까?

신앙이 있는 다른 이들처럼 아이들과 성당에 다니고 성당에서 놀고, 공부를 하고 봉사를 하고 지내기도 했지만 나는 혼자서도 잘 놀았고, 잘 먹었고, 잘 다녔다. 나에게는 비싼 티켓을 석 장이나 사서 제자들과 갔던 신승훈 콘서트는 이십여 년이 지난 지금까지도 그날의 감동이 남아 있다. 비가 많이 오는 날 공연을 하였는데 나눠준 우비를 입고 앉아 비가 우비 사이로 흘러 들어와도 자리를 지키며 열광하는 팬들을 보며 신승훈이 눈물을 흘리는 그런 모습에 울컥했었다.

그 감동 때문인지 여전히 따라 부를 줄 아는 노래가 없었어도 두 번이나 혼자 콘서트를 다녀왔다. 나이도 잊고 신나게 놀았는데 스트레스를 확 날려버리는 것은 물론이고 말로 표현할 수 없는 감동을 담아오게 된다.

이은미, 김동률 콘서트 등 시간이 지나도 눈을 감으면 생생하게 감동이 되살아나는데 보고 싶은 만큼 다 간 것은 아니지만 나름대로 혼자서 잘 지낼 수 있는 노하우라서 언급하고 싶다.

그 밖의 뮤지컬 관람 그 중 오페라의 유령은 그리움으로 남아있다. 삼총사, 모차르트, 나비부인, 미스 사이공 등등 내 짧은 표현력으로 다 담아낼 수 없을 만큼 좋은 공연들이었다. 한참 춤에 반해서 댄싱9 시즌2 갈라쇼, 슈스케5를 보러 평화의 전당으로 가기도 했다. 자유롭게 즐기며 살아온 시간이 많았다.

살면서 가족이든, 사람과의 관계에서 좋은 것도 쌓이지만 나쁘게 쌓인 것도 분명 있다. 충전이든 털어버리든 해나가야 할 필요가 있다. 이처럼 내가 행복해야 가족이 행복하고 사람과의 관계에 좋은 영향력을 줄 수 있다.

그렇지만 누구하고나 잘 풀어내기란 어렵다. 이럴 때 감정의 주인은 내가 되어야 한다는 생각을 명심한다.

호주에 있을 때 구역별로 음식봉사를 하는데 선의로 했던 일이 분노조절을 못한 한 사람 때문에 안 좋은 결과로 돌아와 시끄러웠던 일이 있었다. 물론 갑자기 폭탄을 맞은 그런 기분이었다. 그쯤 나는 한국으로 올 준비를 하면서 고마운 분들에게 뜨개질을 하여 목도리를 선물로 주었다. 나는 그 사람과 어울릴 만한 초록색 실을 골라 뜨개질을 하여 한국에서 가져간 초록색 핸드백과 함께 예쁜 상자에 담아 선물을 하였다.

그 선물을 받고 "언니는 내가 미친 짓을 하였는데 밉지 않아요?"라고 물으면서 미안해했다. 참고 선물하기를 잘했다 싶었다. 그녀는 어린 아이들을 두고 한국에 와서 번 돈으로 비싼 밥까지 샀다. 마음이 아프기까지 해 여러 가지 옷과 선물을 챙겨 주고 왔다. 남이든 가족이든 사람과의 관계는 마찬가지지만 오히려 가족과의 관계를 잘 풀어내지 못하는 경우도 많지만 밀리지 않고 꼭 풀어내야 하는 숙제이다.

글을 쓰면서 지나온 시간을 돌이켜 보게 된다. 신기하게도 33년 중에 기억에 남는 대목이 많지 않다. 분명 기다리고 또 기다리고 살았던 시간들이 많았고 힘든 일들이 없지 않았는데도 말이다. 아마도 그때그때 잘 풀어내면서 살긴 했나 보다.

나뿐만 아니라 한 남자와 한 여자가 만나 긴긴 세월을 평생토록 함께하는 동안 얼마나 많은 사연들을 보듬어 안아야겠는가?

나는 비교적 빨리 감정의 홀로서기를 하였는데 중요한 것은 누구 때문에, 특히 남편 때문에 기쁘고 슬프고 행복한 것이 아니라 내가 주인이 되어 힘든 일을 만나도 내 생각을 바꿔서 비교적 영향을 받지 않고 지냈더니 지금은 남편과 함께 여행을 다니면서 맛있는 것도 먹고 아웅다웅 다투기도 하면서 그렇게도 그리웠던 시간을 보내고 있다.

　가끔은 혼자서 하고 싶은 거 하면서 보낸 자유롭던 시간이 꿈같은 시간이었다고 추억하게 된다. 아이러니하지만 그리움의 모양도 여러 가지인가보다.

서로 부딪히며
다듬어진다

부부사이가 항상 좋기만 할 수 있을까?

부부는 가깝기 때문에 남보다 더 이해해주기를 바라고 잘해주기를 바라는 받고자 하는 기대치가 높다. 그래서 각자의 감정 선에 따라 다양한 롤러코스터를 타게 된다. 좋은 바이오리듬일 때는 너그럽게 넘어가지만, 내리막일 때는 충돌한다.

기분이 좋은 상태에서는 넘어가는 일도 기분이 좋지 않을 때는 부딪히게 된다. 어제까지, 아니 조금 전까지 좋았던 사이가 갑자기 다툼을 하게 된다. 도무지 가늠하기 어렵다. 이럴 때는 서로 싫어서가 아니라 정리하지 못한 채 내뱉는 말이 작은 문제를 더 크게 만들어 수습을 못하게 된다.

그럴수록 듣기 싫게 퍼붓는 말들이 진심이 아니라는 것을 알면서도 몸과 마음이 내리막일 때는 참지 못하고 꽤 오래 충돌을 하게 된다. 싸우려고 의도한 바가 아니어서 대략난감한데 지금 상황이 그렇다. 나중에 생각해보면 황당하다. 하지만 막상 다툼이 있을 때는 블랙홀에 빠져서 나오기가 어렵다. 그래서 가급적 피한다. 같이 있지 않는 것이 방법 중의 하나이다. 한마디로 줄행랑….

일상 속 바쁜 일들에게 우선권을 내주고 글을 쓰느라 밤을 새우는 일이 많아졌다. 밥을 하다가, 다른 일을 하다가 문득 떠오르는 좋은 글감들이 있는데 짧은 시간적 여유가 없어 메모조차 하지 못할 때는 머릿속의 글에 대한 아쉬움이 많이 남는다.

그래서 일상의 일들을 다 내려놓고 책 쓰기만 하는 시간과 여건을 그리워하게 된다. 그리움으로 끝나게 되어 나도 모르게 불만이 생긴다. 밤을 새우고 나서 남편의 아침밥을 할 때면 생각이 멈추어 잘 되지 않을 때도 있다.

이럴 때일수록 한 가지 일에 몰입하고 싶은 마음의 갈등이 생긴다. 생각이 불만으로 튀어나와 남편과 충돌을 하게 된다. 나는 평생 남편이 일을 할 수 있도록 안에서 받쳐주었지만 막상 내가 하고 싶은 필생의 일을 하는 데는 그렇게 되지 않았다.

남편도 나를 위해 많이 양보를 하지만 밥을 하는 일, 밥을 먹게 해주는 것마저 중단할 수 있는 일이 아니니 정신없이 글을 쓰다가 손을 놓고 밥을 하러 건너갈 때는 아쉽고, 차려놓고도 내 밥을 먹는 시간이 나지 않을 때도 있다. 내가 뭐하고 사나 싶다.

아내의 자리, 엄마의 자리는 휴업을 할 수 있게 만들어주지는 않지만 내 가족들이 내가 만든 집밥을 좋아하고 그 밥을 먹으며 행복해하는 것을 잘 알기에 과감히 손을 놓지 못하고 있는 것이다. 하는 일이 겹쳐서 바쁘지만 나름대로 정성을 들여 식탁에 차려놓고 나면 정작 물 한 모금조차 마실 시간이 없어 그냥 나올 때가 많다.

아픈 무릎부터 허리까지 하자보수를 받으며 버티면서 밝게 웃으며 씩씩하게 다니는 것이 쉬운 것이 아니지만, 힘든

혼적을 굳이 남들이 눈치 채게 하고 싶지는 않다. 그러다보니 가족도 내가 어떻게 하고 나오는지 모른다.

뭘 그렇게까지 하냐고 묻는다면, 지금 이 일을 하지 못하면 앞으로는 더 할 수 없을 것이라는 것을 알기 때문에 지금의 자리에서 열정적으로 살아가는 것이다. 오늘은 현재이고 내일은 미래이기 때문에 지금 주어진 시간을 잘 살고자 한다.

내가 이렇게 바쁘게 지낼 수 있는 것은 남편의 희생과 양보가 있기에 가능하다는 것을 기억한다. 힘에 겨울 때 남편이 잔소리를 하면 그냥 넘기지 못하고 때 아닌 묵은 감정을 꺼내서 퍼붓게 된다. 그래서 다툼이 생긴다.

나는 늘 가족이 일을 할 수 있도록 챙기며 살았다. 내가 하고 싶은 일을 하기위해 정신없이 바쁘게 사는 지금까지도 엄마이고 아내라는 종신직을 내려놓을 수 없는 게 현실의 내 자리이기 때문이다.

오늘 아침에는 바쁘게 식사준비를 하는 중에 싱크대 배수구가 막혔다. 뚫느라 나가야 할 시간이 늦어져서 발을 동동 구른 나를 그대로 봐주지 않고 나무라기에 다툼으로 이어졌다. "네가 좋아서 하는 거잖아? 네가 하는 게 뭐가 있어?"라고 말하는 남편의 말이 진심이 아닌 걸 알면서도 상처가 된다. 아침에 일어나서는 웃으며 이야기를 나누었는데 결국에는 나도 남편에게 상처를 주고 나오게 되었다.

경강선을 타고, 정신없이 핸드폰에 글을 쓰고 있는데 남편한테 전화가 와서 저장을 하고 받느라 처음의 전화는 못 받고 두 번째 전화를 받았다. 남편은 기분 상한 마음을 말하더니 승객들 때문에 제대로 대답을 못한다며 반성문 써서 보내라고 했다. 아무튼 오늘은 롤러코스터를 내리막 코스로 잘못 탔는데 빨리 올라가는 롤러코스터를 타고 기분 좋았던 요즘의 일상으로 빨리 돌아가고 싶다.

아침에 이러고 나가고 나서 들어오니 역시나 저녁 내내 냉전이 계속되었다. 몇 마디 얘기를 꺼내도 화해가 되지 않았다. 내가 보낸 글은, 계속 읽지도 않았다. 핑계 삼아 모처럼 일찌감치 누워서 푹 잤다.

아침 일찍 나가야 되어서 유부초밥과 과일을 2단 도시락에 담아놓고 쌀국수를 옆에 놓고 남편이 좋아하는 팥빵도 눈에 잘 띄는 곳에 놓고 나오면서 메시지를 보냈다. 기분이 덜 풀렸다고 차려놓은 밥을 먹을지 안 먹을지는 장담할 수 없어도 나는 밥하는 아내의 자리를 지킨다.

　부부는 이해를 하다가도 오해를 하고 다시 화해를 하면서 또 언제 그랬냐 싶고, 다시 반복하면서 정이 깊어지며 살아간다. 특히 사소한 일로 시작해서 큰 싸움이 되는 것은 순간의 말의 선택으로 인해 그렇게 되기도 하는데, 싸울 때 싸우더라도 심한 말을 하지 않아야 화해가 빠르다.

　일상의 좋은 관계로 돌아가려면 밥을 더 맛있게 해주자! 주걱 쥔 사람이 대장인데, 화가 난다고 마음이 상했다고 밥해주기를 소홀이 한다면 과하게 표현하면 권력을 휘두르는 것이나 마찬가지다. 그렇기에 싸울 때 싸우더라도 빨리 화해를 할 것이고 여전히 맛있는 밥을 하고 있을 것이며 아내의 자리를 굳건히 지키고 있을 것이다.

서로 알아가며
새로운 맛을 만든다

결혼을 하기 전에는 만나면서 서로에 대한 파악을 하여 서로의 마음에 들게 자신을 잘 만들어가고, 결혼 후에는 사랑이라는 기본적인 재료를 갖추고 살게 된다. 이렇게 기본적인 것을 구비하고 잘 맞추어 사는 듯싶다가도 부부싸움을 하게 된다. 부부싸움을 통해서 서로 다듬어지기도 하고 다듬어지지 못하고 예측하지 못한 나쁜 방향으로 가게 되기도 한다. 작은 일이든 큰일이든 싸워야 할 상황은 온다. 무조건 침착하게 이성적으로 싸우자. 정신 차리고 나도 후회하지 않게끔.

그야말로 신혼 초에, 밤 1시경에 남편한테 전화가 와서 "금방 갈게!" 하고는 한 시간이 지나고 두 시간이 지나도 오지 않았다. 기다리다 기다리다 무슨 일이 생겼나 걱정이 되기도 하고 뜬눈으로 밤새우다 화도 났다. 아침 6시까지 오지 않았다.

아침이 되니 너무나 화가 나서 견딜 수가 없었다. 베개를 집어 던지고, 욕을 하여도 화를 풀기가 어려웠다. 사실 화 때문이라기보다는 금방 온다던 남편이 밤새 오지 않는데 대한 걱정의 몸부림이었을 게다. 별의별 나쁜 생각이 꼬리에 꼬리를 물었으니……. 아무튼 마음을 가라앉히는 것도 필요했다. 그 무렵, 크리스마스카드를 줄에 매달아 장식을 해놓았다. 그 와중에 의자를 놓고 올라가서 줄을 끊어 버리고, 카세트테이프 빈 통을 현관 쪽으로 던지고 쿠션을 던졌다. 그렇게 하고 나니 불길한 생각도 걱정도 화도 가라앉았다.

아침이 되어서야 남편이 들어왔는데 거실 불을 켜고 나서 난장판이 되어 있는 것을 보더니 막 웃었다. 사실, 집어던진 것들 중 깨지는 것은 없었다. 나중에 정신을 차렸을 때 깨져서 아깝거나 치우기 힘든 것은 던지지 않았다. 남편은 눈치를 챈 것이고. 둘 다 다른 상황에서 밤을 새웠으니 한숨 자고서 시내로 나가 그때 유행하던 소방차 바지와 니트를 얻어 입었다.

　한번은 남편이 밤늦게까지 안 들어오기에 외출복을 갈아 입고 고속버스 첫 차를 탈 시간만 기다리고 있었다. 불을 끈 채로. 남편이 들어와서 불을 켜더니 외출복을 입고 있는 내 모습에 왜 옷을 입고 있냐고 물었다. "부산 가서 아버님께 이르려고." 남편과 안 좋다고 친정으로 쪼르르 가는 것은 내 자존심이 허락지 않았던 것이다. 지금까지 살면서 남편이 늦게 온다고 바가지를 긁어 본 적은 없다. 그래도 연락하지 않고 늦는 것은 잘하는 것이 아니기에 할 수 있는 평화적인 의사표현을 했었다.

　이런저런 일로 부부싸움을 한다. 이제부터 촌스러운 이야기를 하고 싶다. 세련된 표현으로 정리되지 않은 이유는 살면서 느꼈던 이야기들을 그대로 담아내려 하기 때문이다.

　힘들 때 무조건 무거운 분위기를 만들 게 아니라 이만저만한 일이 있었고 왜 기분이 좋지 않은지 힘든지에 대한 말을 하자. 중요한 것은 평소에 일상적인 대화의 시간을 많이 갖자. 이런 시간이 없었더라도 대부분 표정이나 말투에서 나타

난다. 그래서 할 말이 있더라도, 무거운 이야기일수록 서로의 컨디션이 좋을 때 하자. 직장을 다니거나 전업주부이거나 스트레스는 다 받고 살지만 조금만 관심을 가져도 상대의 상태를 간파할 수 있다. 눈치가 있어야 좋은 것을 되로 주고 말로 받을 수 있다. 눈치가 없으면 말로 주고도 쪽박만 깬다.

상대방 입장에서 입장 바꿔 생각하자. 싸울 때 마음에 없는 말을 하지 말자. 그런다고 세보이지 않는다. 들은 사람도 말한 사람도 상처만 남을 뿐이다. 나와 사는 사람한테 나쁜 말을 하고 그 사람을 깎아내린다면 자신을 욕한 것인데 정신 차리고 후회해도 늦다. 나는 내 남자한테 그렇게 흠을 내고 싶지 않았다.

그럼에도 상황에 따라 무거운 말을 해야 할 때도 있다. 그러나 조금만 참아 기분이 좋을 때 말하는 지혜로움을 갖추자. 기분 좋을 때 얻을 수 있는 것이 많지 않은가? 결혼이라는 것은 늘 좋은 것만 주지는 않는다. 결혼이 전쟁터라고 느껴질 때도, 어려운 상황일수록 감정을 배제하고 침착하고 이성적으로 판단해서 해결책을 찾아낸다. 일방적인 생각은 정확함에서 멀어진다. 상상력이 동원되니까. 사소한 것도 쌓이면 오해가 되고 앙금의 골이 깊어진다.

아무리 화가 나더라도 한마디를 참아라. 나쁜 말 한 마디 참는 게 얼마나 대단한 것인지는 싸우고 나면 알게 된다. 목구멍까지 올라오는 말도 눈 질끈 감고 꿀꺽 삼켜라.

결혼생활은 작은 것들이 모여 돈독해지기도 하고 작은 일 때문에 균열이 오기도 한다. 그중 가장 어리석은 일이 자존심 때문에 상대에게 미안하다고 말하지 않고 마음과 반대로 우기는 경우이다. 누구나 잘할 때도 잘못을 할 때도 있다. 잘한 경우는 문제가 없겠지만 잘못한 경우는 얼른, 빨리 인정하고 미안하다고 이야기 하라. 버틸수록 사과할 찬스를 놓친다. 변명도 하지 말고 쿨하게 인정하라. 그리고 잘못한 사람한테 코너로 몰고 가지 말고 퇴로를 열어줘라. 그래야 미안하다는 말을 할 수 있는 용기가 생기고 솔직한 대화를 하게 되고 의논도 하게 된다.

살다가 이혼 생각을 한 번도 하지 않은 부부도 있다고 한다. 부부는 크고 작은 일로 티격태격하는 경우가 많다. 나는 싸우면 미운 생각보다 나한테 잘 해줬던 일들이 생각난다. '지금의 화난 얼굴은 진심이 아닐 거야' 라는 이런 바보 같은 생각, 그동안 함께 한 시간이 아주 많이 그리울 거 같아서 여태까지 살고 있다. 추억은 그리움이 되고 용서와 이해의 그릇을 키워줬기에 내 마음의 그릇도 함께 커지고 있다.

그래도 상처가 남을 때는 살면서 나를 힘들게 하거나 괴롭히는 일들과 분리되어 열심히 사는 이웃을 돌아보고 힘을 얻었다. 아이들 학교 때문에 곤지암과 서울 두 집 살림을 할 때, 냉커피를 가득 타서 가까운 시장에 있는 가게에 들어가 장사를 하는 분들 한 잔, 길에서 만난 야쿠르트 아줌마도 한 잔, 이렇게 나누다가 팬시점에 들어갔다. 점원이 나와 나이대가 비슷해 자주 들러 이런저런 이야기를 나눴다. 알고보니 남편이 갑작스런 교통사고로 떠나고 나서 언니네 가게에서 일을 해주고 있다고 했다. 나처럼 아들 쌍둥이 엄마였다. 한동안 친하게 지내다 호주에 가면서 연락이 끊겼는데, 사람들의 살아가는 이야기를 통해 공감도 하게 되고 현재의 삶이 얼마나 귀한가에 대해 생각하게 되었다. 마음의 충전은 콘센트가 없어도 언제든 할 수 있다. 충전이라는 마음의 무장을 해놓으면 힘든 일이 있을 때도 잘 이겨낼 수가 있다. 마음을 잡는 일이 가장 어려운 일이지만 못할 것도 없다고 생각한다.

아무리 좋은 재료라도 손질을 제대로 하지 못하면 소용

이 없다. 또 음식재료의 궁합처럼 서로 보완하고 커버할 수 있는 그런 재료를 만나야 한다. 생각하는, 바라보는 마음의 공감대가 있으면 양파를 깔 때 눈물을 흘리면서도 웃을 수 있다. 요즘은 갖가지 알레르기를 가진 사람들이 많다. 그중 사과나 오이 그리고 땅콩 알레르기가 있는데 말을 하지 않았다고 치자. 그렇게 되면 내가 좋아하는 것이라서 상대에게 사주거나 만들어줄 수가 있다. 말하지 않은 게 잘못일까, 해준 게 잘못일까.

그저 대화를 많이 하자. 그리고 상대의 말을 기억해주자. 결혼은 둘이서 다듬고 만들어 가는 것이고 추억을 쌓아가는 것이므로.

레시피와 요리가 다르듯,
이론과 현실은 다르다

훌륭한 요리는 요리의 주제를 정한 후 엄선된 재료구매를
거쳐 특별한 자기만의 노하우로 만들어 결과물로 나오게 된
다. 책이나 방송에 나와 있는 레시피를 보고 만든다면 흉내는
낼 수 있으나 깊은 맛까지 똑같이 만들어 낼 수는 없다..

먹어 없어지는 요리도 이런데 결혼에 대한 레시피를 남
의 것을 가져다가 내 것으로 만들 수 있겠으며 잘 살 수 있겠
는가.

결혼을 할 때 조건을 따지고 따져 결혼을 하는 것을 준비
된 재료를 다 갖추고 요리를 하는 것이라고 하더라도 다 잘

살지 못하는 것은 뭐가 잘못된 것일까 생각하지 않을 수 없다. 이는 사회적인 흐름, 물질만능을 우선시하고 그런 것이 결혼을 잘하는 것이라는 보편적 잣대를 갖고 있기 때문이다. 중요한 것을 안보고 남이 만들어 놓은 레시피를 무조건 받아들이기 때문이다.

각양각색의 남녀 중 둘이 만나 결혼을 하는데 인스턴트 음식의 레시피로 요리를 하는 사람들과 자기만의 비법을 갖고 요리를 하는 사람들은 다를 수밖에 없다. 그래서 똑같은 평수, 똑같은 구조의 아파트에서 살아도 인테리어가 달라 집이 다르게 보이는 것처럼 부부는 누구나 같은 모양으로 살지 않는다. 이렇게 결혼은 다름에서부터 출발하는 것이다.

우리 쌍둥이들과 같은 나이의 남자아이가 스무 살이 되기 전에 한 살이 더 어린 여자애를 만나 아이를 낳고 얼마 지나지 않아 한 명을 더 낳고 아이가 둘이 되었다. 그 사이에 아이의 엄마는 가출을 반복하다가 아이들만 남기고 떠나갔다. 또 몇 년의 세월이 흘러 딸 하나 있는 다른 여자를 만나서 결혼을 하고 둘 사이에 아들을 낳았다는 소식을 전해 듣게 되었다.

두 딸은 할머니한테 맡기고 새 여자와 따로 나가서 산다고 들었을 때, 엄마가 버리고 간 두 딸이 떠올라서 마음이 좋지 않았다. 이 아이들이 할머니 손잡고 다니는 것을 봤는데 어느 아이들처럼 착하고 예쁜 아이들이어서 아이스크림 사 먹으라고 용돈을 준 일이 있었다.

지금은 할머니가 손녀들을 키우고 있지만 아이들은 자라면서 분명 상처를 받을 것이다. 자기들은 버리고 간 엄마가 있고, 아빠는 자기들을 할머니한테 맡기고 새엄마와 낳은 아이들과 사는 것을 안다면 말이다.

엄마의 사랑은 고사하고 아빠의 사랑마저 받지 못한다면 이 아이들이 올바로 자랄 수 있을까 싶었다. 왜 남의 일에 이렇게 걱정이 되고 마음이 안 좋은지 모르겠다. 오지랖이다.

우리 집 풍산개 풍년이는 새끼를 두 번 낳았는데 다 키울 수가 없어서 어미가 안 볼 때 살짝 데려다가 분양을 했다. 풍년이는 보이지 않는 새끼를 애타게 찾았다. 정말 모성애는 사람과 다를 바가 없었다. 그래서 딸 산바라지 하는 마음으로 정성껏 챙겨주었더니 그게 고마워서인지 지금껏 나를 제일 잘 따른다. 말로 소통하지 못해도 알 수 있는 것 또한 모성본능이 아닐까.

새끼들을 다른 데 보내면서 나와 딸은 펑펑 울었다. 두 달

정도의 시간 동안 정이 많이 들어서 울 수밖에 없었다. 보내고 나서도 잘 크고 있나 가까운 데 보낸 애는 가끔 보러 가는데 멀리서 이름만 불러도 펄쩍펄쩍 뛰어서 집에서 나와 아는 척을 한다. 사진을 찍어 궁금해 하는 우리 아이들한테 전송하고 나서 돌아올 때는 항상 마음이 안 좋다.

결혼은 인류지대사라고 할 만큼 일생의 가장 중요한 일이다. 그것이 결혼이다. 결혼은 그 자체로도 현명한 선택이 필요하다. 아이를 갖는 것, 그리고 낳는 것은 거기에 대한 책임이 더 따른다. 자식에 대한 책임을 다하지 못하는 부모는 속된 말로 둘이 좋아 만나서 섹스를 하고 얻은 생명체를 방치하는 것과 같다.

우리 집 풍년이가 어떤 수캐를 만나 새끼를 가졌는지 모르는데도 새끼를 낳고 나서 새끼의 배설물을 다 먹어 깨끗이 치워놓는 것을 보면 마음이 찡했다. 새끼들이 어미보다 더 크게 자란 지금도 맛있는 것이 있으면 강아지들 중 제일 먼저 주게 된다. 짐승도 이런데 우리는 사람이니까 낳은 자식에 대해 책임을 져야하는 데도 모든 부모가 끝까지 책임을 지지 않는다.

이렇게 되기 위해서는 인식의 변화가 필요하다. 호주에 살 때 아이들 영어에세이 선생님이 싱글 맘이었는데 참 멋지고 당당한 분이었다. 그런 일은 비밀도 아니었고 직장에서 불이익을 당하지 않았고 자기 일을 하는데 아무 문제가 없었다. 우리나라와 확연한 차이가 있고 부러운 일이었다. 우리나라에서는 둘이 만든 아이에 대해 함께 책임지지 않는 남자는 나쁘다고 하지 않고, 여자에게만 엄한 잣대를 들이댄다.

나는 가정만을 지킨, 사회적 가치가 전혀 없다고 평가받는 능력 없는 평생 전업주부이다. 여자가 직업을 갖는 게 쉽지 않은 우리나라에서 여자 사람으로 살기가 얼마나 힘든지 모른다. 때로는 억울하기까지 하다. 그런데 싱글 맘들은 아이와 생존이 달려있음에도 호주에서와 같은 상황은 꿈도 꿀 수 없었다. 아이에 대한 책임을 다하는 죄로 고생을 하고 있고 편견에 시달리며 살아가는 이들을 보고 들어서 조금은 알고 있지만 현실은 언제나 갑갑하기만 하다.

각각 다른 환경과 여건에 맞춰 살았으나 결혼생활을 무사히 한 부부들끼리도 많이 닮아 있다. 까다롭지 않고 온화하고 너그러운 말을 주고받으며 세월이 흐른 후에는 더 진하게 배어난다. 그런 이들은 자기만 잘났다는 말을 하지 않으며 다른 이들의 말에도 귀를 기울여주고 살아온 시간들에 대해 공감을 해주고 칭찬을 해준다. 다른 생각에도 자기의 생각을 강요하지 않고 그냥 "아! 그래요!"라는 말을 한다.

오랫동안 만나지 않았어도 나의 지나온 시간들에 대한 인정을 해주고 수고로움을 칭찬해준다. 본인도 고생을 한 것을 아는 데도 삶의 찌들음도 없다. 여러 커플이 만나면 자기만 고생했고 남은 편하게 살아왔다 싶어 항상 징징 짜는 소리만 하는 사람도 있다. 포커페이스를 유지하며 웃으며 듣지만 마음으로는 부담스럽고 듣기 싫어 핑계를 대고 자리를 피하기도 한다. 수십 년 동안 변치 않고 어떻게 일관성 있게 저럴 수 있을까 싶기도 해서 쓴웃음을 짓게 하는 그런 사람.

나는 맛없는 음식을 먹으면 억울하다. 이런 거 먹으려고 여기까지 왔나 싶고 이런 거 먹고 살이 찌는 것은 증오심까지 생길 정도로 맛있는 거만 좋아한다. 이런 나는 지금껏 헛되게 살아오지 않았고 결혼생활에 대한 자부심이 있는데 이렇게 나이를 먹어가는 지금도 자기의 방식만을 옳다고 하고 남을 인정해주지 않는 사람을 만나게 되면 한 마디로 정말 싫다. 토종음식을 좋아하고 잘 만드는 사람에게 양식만 요리이고 한식의 가치를 폄하하는 밥맛없는 사람도 없다.

　인생에서 중요한 것이 같은 사람들은 삶의 레시피와 입맛과 성격도 좋아하는 것도 닮아서 오래도록 친분을 유지하게 되는데 바로 이런 사람들이 사람 재산이다. 나이를 먹어가면서 사람재산이 많은 사람이 제일 부럽고 제일 탐난다.

　결혼을 할 때 꿈꾸고 생각했던 것과는 많이 다른 모습으로 살고 있다. 그런데 지나온 시간 중에 잡고 싶은 것은 하나도 없다. 분명한 것은 결과야 어쨌든 간에 열심히 살아왔다고 자부한다. 다시 그 어설프고 어떤 결실을 맺을 지도 모르고 예측할 수도 없는 긴긴 터널을 살아올 자신도 없다.

　한때는 남편의 그늘을 벗어나 '유정림'으로 당당하게 서고 싶어서 많은 준비를 해왔고 열심히 나를 만들어 갔다. 그리고 가지 않은 길에 대한 미련이 많았던 것도 사실이다. 직업을 가졌으면 누구 못지않게 사회생활을 잘해낼 자신도 있었다.

　후회는 없지만 아쉬움과 미련이 남아 있어서 시간이 주어질 때마다 가정에만 있었지만 누구나 인정해줄 정도로 참 열심히 살았다. 남편은 사회적으로 인정받을 수 있는 성과 있는 인생을 살았고 내 삶은 아무것도 아니라는 생각까지도 하면서 마음의 병도 생기기도 했다.

그런데 어느 날 문득 고개를 들어 보니, 남편이 이룩한 것들이, 이 남자가 이렇게 멋지게 살아주어 나까지 돋보이는 삶을 살 수 있었다는 것을 인정하게 되었다.

네이버에 올라온 남편에 대한 작품에 대한 평가는 감동적이었고 내가 이렇게 훌륭한 남편과 살아올 수 있었던 것에 대한 고마움을 모르고 밥만 하고 살았던 데 대한 억울함이 있었다는 것도 부끄러웠다.

우리가 함께 살아온 시간은, 아니 이 남자가 살아온 시간은 찬란히 빛나는 별처럼 그런 결실을 맺어 내가 이 남자의 아내라는 사실이 얼마나 감사한지 살아낸 시간들이 모여서 나도 함께 빛나게 해주어 고맙다는 말로 고백하면서 눈물을 흘렸다.

나이를 먹으면 고정관념이 얼마나 무서운 것인지 알 수 있다. 나는 남편이 입이 까다로운 사람이라 덕분에 음식솜씨가 늘었고 나쁜 의미에서는 스트레스를 받았고 얄미울 때도 있었다. 그러나 내가 하는 음식은 이 사람에게 엄마가 해주는 그런 음식일 수도 있겠다 하는 생각이 들었다. 먹고 싶은 것이 많은 것도 엄마가 돌아가시고 나서 외롭고 그리웠던 그런 시간을 보내면서 먹고 싶은 것들이 쌓여서 그런 것이라는 것은 참 늦게 깨닫게 되었다. 물론 먹고 싶다는 음식은 거의 다 만들어 주었지만 익숙해진 솜씨에 맛있게 만들 수는 있었지만 밥을 하기 싫을 때는 습관적으로 만들어 마음을 많이 담아내지 못할 때도 있었다.

결혼생활은 나만의 레시피를 가지고 요리를 하는 것이다. 함께 살아오면서 오래 전부터 먹어오던 음식이 그리워 찾게 되는 것처럼 서로 익숙해지지만 싫증이 나지 않고 이해하고 배려하는 마음이 더해져서 행복이라는 것을 선물한다.

결혼을 할 때 지나치게 많이 고른다고 좋은 사람을 만나게 하지 않고 첫눈에 반해서 아무것도 따지지 않고 한 결혼이 더 행복할 수도 있지만 그렇다고 운명에만 기대어 막연히 기다릴 수도 없다. 사람 보는 눈, 안목이 가장 필요한 것이 결혼이고 잘한 결혼이나 그렇지 못한 결혼이나 많은 사람들의 인생을 좌우한다. 이왕이면 선한 영향력을 미칠 수 있는 것이 잘한 결혼이라고 한다면 '잘'이라는 것은 무엇이? 어떤 것이? 어떤 사람과? 어떤 조건이? 맞아야 '잘'한 결혼이 되는지는 사람마다 다 다르다.

이처럼 막연한 것이 결혼인데 어떻게 하면 내 아이들이 결혼을 잘할 수 있을까 고민하지 않을 수 없다. 그저 부모의 삶을 보면서 함께 살아가는 시간동안 본 것들과 가르침을 기억해가며 자기와 맞는 사람을 찾는 것이 아닐까.

어떤 사람이 맞지 않는 사람인지에 대한 기준을 알려줬는데 우리 딸은 정말 좋은 짝을 만나 결혼을 하고 사위가 아닌 큰 아들을 맞이한 든든함까지 선물해주었다.

쌍둥이 아들들이 매형한테 의논도 하고 친하게 지내면서 성장해 가는 것을 보면서 멘토의 역할을 해주는 사위가 더할 나위 없이 좋고 세상 부러울 것이 없다. 아들이 거절하기 어려운 부탁을 했을 때도, 우리 부부는 거절하라고 하지 못했는데 이성적으로 단호한 결론을 내려주어 지혜롭게 잘 처리할 수 있었다.

사위는 우리 아들들에 대한 칭찬을 아끼지 않고 진로에 대해서도 고민해주고 관심을 가져준다. 나의 채워지지 않았던 자식 욕심도 채워주는 사위다. 잘한 결혼은 모두를 행복하게 한다. 우리 사위는 엄마의 사랑을 듬뿍 받고 자랐으며 엄격한 아버지 밑에서 훌륭한 인성이 형성이 되었다.

오랜만에 처가에 와서 밥을 먹으며 맛있게 먹었는데 꽈리고추 볶은 것을 먹을 때 사위는 멸치만 먹고 딸은 고추를 먹었다. 둘이 식성은 다르나 서로 좋아하는 것을 챙겨 주면서 먹었다.

우리 딸은 다 잘 먹으나 사위는 고추, 피망, 오이를 싫어한다는 것을 딸이 말해주어서 알고 있었다. 성장하면서 먹었던 음식이 다른 게 있는 것은 당연한 일이고 이 정도는 얼마든지 커버할 수가 있는 게 내 요리 실력이다.

아이들의 모습을 지켜보면서 남편도 사위에 대해 만족스러워 했고 가고 나서 칭찬을 아끼지 않았다. 우리 사위는 그야말로 볼수록 매력 있음을 처음부터 알아 본 나는 얼마나 좋은지 또 그래서 항상 사돈댁에 감사한 마음뿐이다.

행복은 거창하지도 않으며 멀리 있는 것이 아니라 이렇게 가까이 있는 것이다. 방금 지은 밥에 고추장에 참기름 한 방울 떨어뜨려 먹어도 맛있게 먹을 수 있고 행복할 수 있다. 나뿐 아니라 내 아이들 역시 익숙하지 않은 남의 레시피가 아닌 나만의 레시피로 결혼생활을 해나가기를 바라는 마음을 가진다.

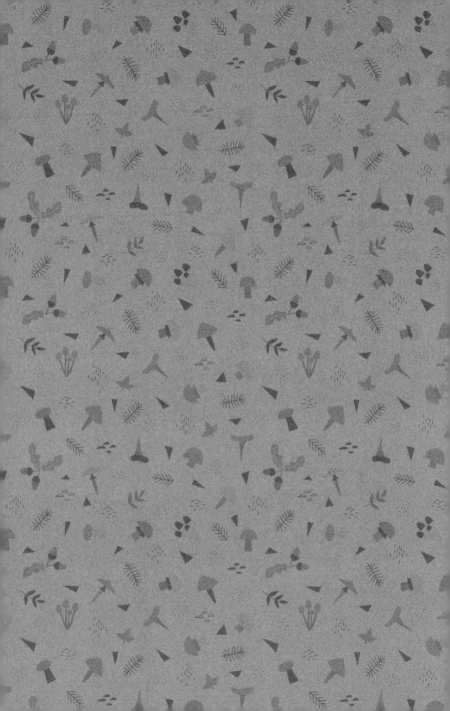

결혼 레시피 4/

요리하기:

한 데 버무려져
특별한 맛을 내다

아이, 부부가 함께 만드는
새로운 요리

결혼을 하고 아이를 낳으면서 제일 먼저 결심한 일이 있었다. 아이의 인성 공부에 신경 쓰자는 것이었다.

학과 공부는 형편이 여의치 않으면 검정고시를 봐서도 성공을 할 수 있지만 인성은 어릴 적, 가정에서 제대로 잡아주지 못하면 나중에는 회복될 수 없다. 딸을 낳고도 그랬고, 아이가 셋이 되면서 더 그랬다.

우리 아이들은 지극히 평범한 어린 시절을 보냈다. 아이는 일곱 살이 다 되어서야 한글을 깨우쳤다. 학습지를 여러개 하지도 않았다. 아이템플 문제지 하나로 한글과 산수와 자연을 같이 익혔다. 문제를 읽는 것은 한글 공부고, 오징어 다리와 참새 다리를 더하거나 빼는 건 산수 공부이자 자연 공부였다. 그림책을 펴서 보여주며 다리를 세고 문제를 푸는 것은 자연이기도 했다. 그렇게 아이 각각의 성향에 맞게 느리게 천천히 가르쳤다.

그 즈음 유치원 시절부터 영재공부를 시작하는 것이 유행이었다. 엄마들은 내 아이가 영재이기를 바라고 그렇게 믿고 싶어서 무조건 시키는 분위기였지만 나는 시키지 않았다. 우리 아이를 본 한 엄마가 그랬다.

"그 집 엄마아빠는 인텔리인데 자식 교육은 무식하게 시키네요."

내 생각은 달랐다. 나는 영재교육이 오히려 내 아이를 망치는 게 아닐까 걱정했다. 아직 한글도 제대로 못 떼었는데 영재교육을 시킨다면, 학습에 있어 아이는 열등감부터 맛보게 되고 피어보지도 못한 채 상처를 받게 된다. 나는 일관된 잣대로 아이들을 재단하기보다는 각자 가지고 태어난 재능을 키워주고 싶었다. 그리고 무엇보다 나는 내 아이를 믿었다.

어느 아이들과 같이 우리 아이들도 유치원에 보내던 초기에는 매일이 전쟁이었다. 아침마다 아이는 울고 나는 달래기를 수일 째, 등원 시간마다 말도 하지 않고 울음으로만 표현하는 아이에게 보란 듯이 경고를 한 일이 있다.

그 날도 어김없이 유치원 버스를 기다리다가 아이가 울음을 터트렸다. 달래고 달래어도 말을 듣지 않는 아이에게 나는 최후의 카드를 썼다. 유치원 가방을 빼앗아 아파트 쓰레기통 쪽으로 힘껏 던져 버리고 올라온 것이다.

아이보다 먼저 올라가서 남편한테 승용차로 유치원에 데려다 주고 오라고 했더니, 남편은 역시나 나보고 못됐다고 한 소리를 했다. 아이는 뒤늦게 가방을 들고 아파트가 떠나가라 대성통곡을 하며 올라왔다. 남편은 아이를 달래 유치원에 데려다 주었다. 그런데 신기하게 아이가 그 후로는 등원 시간에 울지 않는 것이었다. 우는 이유를 묻고 또 묻다가 무식한 방법을 쓴 건데, 잘한 건지 잘못한 건지는 지금도 모르겠다.

아이 입장에서는 마음에 들지 않은 일이 있었을 것이지만, 부모 입장에서는 며칠 동안 이유를 말하지 않고 무조건 떼를 쓰는 아이에게 울음으로도 얻을 수 있는 것이 없다는 사실을 알려 주어야 했다. 다소 과격한 훈육이었는지는 모르지만 그 날 우리 아이는 확실히 교훈을 얻은 듯 했다. 어떤 상황에서도 자신의 생각을 말로 표현해야 한다는 것을 말이다.

평생 사져가야 하는 훈련은 갑자기 되는 것이 아니다. 일상 생활에서 잘못된 점을 발견했을 때 바로잡아 줘야 하며, 어릴 때부터 가르쳐야 한다. 이런 교육 방침 덕분인지 우리 아이들은 비교적 자신의 생각을 말로 잘 표현하며 말하지 못해서 생기는 불이익은 받지 않는다.

아이들이 다니는 초등학교는 한 반이 스무 명 남짓인 한 학년에 한두 반 밖에 없는 규모가 작은 학교였다. 그래서인지 쌍둥이 생일을 앞두고 생일에 초대받고 싶어 하는 반 친구들이 많았다. 그 중에는 우리 아이들하고 친하지 않거나 초대하고 싶지 않은 아이도 있었을 것이다. 그러나 나는 오고 싶어 하는 친구들은 다 데리고 오라고 했다. 오래되어 정확히 기억이 나지 않지만 우리 아이들의 생일에는 반 친구들이 거의 다 왔었던 것 같다.

나는 우리 아이들이 공격보다는 방어를, 잘난 애들 혹은 힘 있는 애들보다는 차별 없이 두루두루 친구로 잘 지내기를 바랐다. 요즘에는 끼리끼리 어울리게 한다는 이야기도 들었는데 내가 아주 평범한 엄마라서 그런지 생일 파티에 온 아이들 중에는 선물을 가지고 온 애들도 있었고 "아줌마! 아무 것도 못 갖고 왔어요." 하는 애들도 있었기에 괜찮다고 많이 먹으라고 차별 없이 대했다. 그런데 어떤 녀석이 혼자 먹겠다고 주머니에 사탕과 과자를 잔뜩 집어넣고 있었다.

보통의 엄마라면 어떻게 할까? 나는 이렇게 말했다.

"도로 꺼내 놓을래? 네가 그렇게 많이 가져가면 다른 친구들은 먹고 싶어도 못 먹지 않니?"

아이가 상처를 받을까 봐 그 아이만 듣게 조용히 말했다. 다 가져가는 게 아까워서가 아니다. 아들 친구이기에 작은 일이라도 잘못된 것은 바로잡아 줘야 되기에 그럴 수 있었다.

아이는 보통 딱 그 나이에 맞는 잘못을 한다. 아이를 키울 때 옳고 그름을 가르치지 않고 사랑을 가장한 방관을 한다면 그 아이는 잘못도 함께 자란다. 내 아이가 예쁘고 사랑스러워서 잘못을 해도 오냐오냐만 하고 차마 야단치지 않는다면 그 아이는 올바른 아이로, 청소년으로, 청년으로, 어른으로 성장할 수 없다. 부모가 책임지지 않은 아이를 누가 책임지기를 바라는 것인가? 작은 분별력이 모여서 올바르게 큰일을 결정할 수 있는데 어릴 때 누구라도 잘못을 바로잡아주지 않으면 아이는 커서 더 큰 어려움을 겪게 된다.

아이를 키우면서 교육의 즐거움을 느끼기도 하지만 때로는 아이가 하는 행동 하나하나에 감동하기도 한다.

다름의 좋은 점을 우리 아이들을 통해서 체험한 적이 있다. 쌍둥이 아들이 초등학교 때 소풍을 가서 만 원씩 용돈을 준 적이 있다. 집에 왔을 때 형은 천 원짜리 내 브로치를 사고 구천 원을 남겨왔다. 그런데 동생은 형과 똑같은 천 원짜리 내 브로치와 아빠 선물 도자기 세트, 그리고 집에 걸어 놓을 작은 나무 액자를 사고 천 원을 남겨왔다. 쌍둥이라도 돈을 쓰는 방식이 다르다. 신기하게도 천 원을 주고 산 내 브로치는 따로 샀음에도 똑같은 모양이었다. 누가 더 맞고, 더 잘했다고 할 수 없었다. 이 사랑스러운 아이들을 통해서 다름이 주는 즐거움을 배로 만끽하며 살고 있다.

쌍둥이가 유치원에 들어가기 전, 미술 학원을 다닐 때였다. 누나 여름 방학을 맞아 잠시 학원을 쉬고 세 아이가 부산 할아버지 댁에 가서 지냈다. 놀이동산에도 가고 맛있는 음식도 먹고, 꽤 많은 곳을 다니면서 즐거운 시간을 보낼 수 있었다.

즐거움을 가득 담고 온 두 아들에게 미술학원 원장님이 방학 때 있었던 일을 그려보라 했단다. 그런데 아이가 한 아이가 팔을 들고 앉아있는 그야말로 폼 나지 않는 밋밋한 그림을 그려서 실망스러우셨다고 했다. 그래서 "이게 뭘 그린 거야?" 하고 물어 봤더니 "이 아름다운 세상을 바라보는 거예요!"라고 해서 놀라웠다고. 아이의 표현력도 놀라웠지만 나는 우리 아이가 바라본 세상은 아름다운 세상이었다는 말에 더 행복했다.

아이가 셋이다 보니 엄마로서 다양한 경험을 하게 된다. 아이들이 초등학교 때 보이스카우트를 하였는데, 극기 훈련 날 엄마들은 먹을 것을 준비해 놓고서 아이들이 돌아오기를 기다리고 있었다. 훈련이 끝나고 먼저 오신 대장 선생님께서 우리 아들이 눈물콧물 범벅이 되어서도 줄 타고 건너오는 어렵고 힘든 코스의 훈련을 해냈다고 전해 주셨다. 포기하는 애들도 있었다는 말씀도 함께. 아들이 와서 꼭 안아 주었다. 너무 힘들었는데 엄마가 너는 뭐든지 할 수 있을 거야라고 했던 말이 생각나서 할 수 있었다는 말에 눈물이 나려는 걸 꾹 참았다. 이 아이는 음악적으로는 빠르게 신체적으로는 조금은 천천히 성장하였기에 늘 마음이 아렸었다. 그런데도 중학교 때 뉴질랜드에서 번지점프도 용감히 멋지게 해냈다.

누구나 잘하는 것과 못하는 것이 있다. 잘하지 못하는 것으로 인해 열등감을 갖게 된다면 상처로 남는다. 열등감이라는 상처는 아물더라도 생채기가 큰 흔적으로 남아 마음까지 어둡게 만들 수 있다. 잘하는 것도 잘 하지 못 하는 것도 다름이라고 생각하고 아이들에게도 다름에 대해 알게 해주고 싶었다.

우리 아이들은 시험을 보고나면 잘한 녀석이 야단을 맞는다. 혹여 못한 아이가 상처를 받을까봐 잘한 아이를 건방지다는 억지죄명으로 야단을 친다. 잘 한 아이는 잘했기에 상처를 받지 않는다.

어느 날, 아이가 체육복을 챙기면서 울적해하고 있었다.

"엄마, 애들이 나 축구를 못한다고 놀리면 어떡하지?"

아이의 표정이 너무나 귀여웠다. 오랜 시간 고민했을 모습을 떠올리니 저절로 웃음이 떠올랐다.

"그러면 이렇게 해. 허리에 손을 얹고, 너는 피아노를 잘 칠 수 있니? 하고 묻는 거야."

우리 아이는 어릴 때부터 음악에 재능이 있었다. 아이 스스로도 좋아했고, 주변에서도 인정해주었기에 한 치의 의심

없이 어디서나 자랑할 수 있는 우리 아이만의 특기였다. 나는 자신 없는 축구를 할 생각에 온통 걱정뿐인 아이에게 못하는 것을 자꾸 생각해서 움츠러들지 말고, 자기만의 장점을 어필하라고 가르쳤다.

아이들이 현관문을 나서는 순간부터 아무도 도와줄 사람이 없다. 아이들 스스로가 부딪치며 살아내야 한다. 그래서 사랑하는 마음을 다 보여주지 않고 키웠고 엄마의 보여지지 않는 마음은 보여지는 사랑보다 훨씬 더 크다는 확신을 마음으로 주었다.

부모는 자식을 위해 목숨을 내놓을 수 있다. 이런 애절한 마음으로 키워도 세상과 소통하고 때로는 싸우고 화해하며 살아가야 되는 것은 아이들의 몫이니까 직접 해결할 수 있게 해야 한다.

어느 날 갑자기 얻어지는 것, 만들어지는 것은 없다. 다행히 우리 아이들 셋은 기본적으로 선한 마음을 가졌고 강하다. 나는 그런 아이들을 믿음으로 그저 지켜볼 뿐이었다.

'지금 내 아이를 돌아보세요!'

아이를 걱정하는 모든 부모들에게 이렇게 말하고 싶다. 아이가 좋아하고 원하는 것에 대해서는 무관심 하고, 공부 외에는 관심 갖지 않으면서 이 아이를 학교에서, 사회에서 인성해주기를 원한다면 누가 그렇게 해줄 것인가? 부모는 어떤 경우에도 자식을 놓으면 안 된다. 늘 사랑은 관심과 배려의 눈으로 지켜봐야 한다.

"선생님, 혹시 엄마 학교 다니셨어요?"

살면서 내가 들은 가장 큰 칭찬이다. 우리 아이들과 나를 동시에 기분 좋게 하는 말에 나는 그저 감사할 따름이다.

함께 살며
함께 깨닫는다

텔레비전 프로그램 중에 '생활의 달인'을 즐겨 본다. 허름한 골목 안에서 각자의 재주로 수많은 사람들을 감동시키는 생활 기술의 달인들을 보면 절로 경외심이 생긴다. 그러다 어느 날 문득 이런 생각이 들었다.

'결혼 생활에도 달인이 있을까?'

쉽게 답하지 못하겠다. 결혼 생활은 '어떤 사람을 만나는가'에 따라 달라지기 때문이다. 이 어떤 사람이라는 말 안에는 참 많은 뜻이 담겨 있다.

요즘은 조건 따라 많이들 결혼한다. 그런데 눈으로 보이

는 것, 결혼에 있어 흔히 '조건'이라 말하는 것으로는 절대 평
가힐 수 없는 것이 있다. 바로 인성이다. 이 인성에 절대적으
로 영향을 미치는 성장과정 역시 겉으로 보이는 조건으로는
절대 확인할 수 없다.

내 남편은 자상하다. 그런데 사람의 성품이 이 한 가지만
으로 구성되어 있는 것은 아니지 않겠나. 깔끔하고 까다롭고
날카롭고 자기의 일을 위해서 가정을 희생시키는 그런 아픈
시간도 아주 오래오래 길게 갖게 했다.

쌍둥이는 병원에 백 일을 입원하고 3,000cc의 피를 쏟으
며 12~13개의 수혈을 받고 다시 중환자실로 옮길 정도로 병
원을 흔들어 놓고 낳은 아이들이었다. 입원 기간 동안 남편은
병원에 올 때마다 먹거리를 잘 사다 주었고 애처로운 마음으
로 딸과 함께 텅 빈 집으로 들어갔다. 자상하고 꼼꼼하게 나
를 챙겨 주는 그런 좋은 사람이기는 했다.

아무튼 퇴원을 할 때는 한 명은 데리고 한 명은 인큐베이
터에 남기고 집으로 갔다. 그리고 한 명은 일주일이 지난 후
에 데리고 왔으니 쌍둥이를 둘 다 데리고 있게 된 첫 날, 남편
은 이부자리를 챙겨 서재방으로 갔다. 자기는 잠을 자야 되니

까 라는 말을 남기고.

그리고 쌍둥이를 키울 때 거의 돌봐 준 적이 없었으며 항상 자기를 챙겨주는 것을 바랐다. 아이들은 밤새도록 먹지도, 자지도 않았으며 밤 사이에 둘의 기저귀 각 일곱 개 씩을 손빨래했다. 당시 나에게 수면은 사치였다. 하루에 다섯 시간도 채 못 자고 사는 날들의 연속이었고 내가 이런 시간을 보내고 남편은 도와주지 않았다.

입주 도우미를 썼지만, 집안일을 제대로 하는 것도 아니고 아이를 키워주는데 크게 도움이 되는 것도 아니었다. 심지어 도우미 아주머니가 남편과 사이가 좋지 않아 아이들 둘을 집을 나온 상황이라 우리 아이들 앞에서 매일 울었고, 울면서 우리 아이들 옆에서 전화를 하고…. 무엇 하나 내 뜻대로 할 수 없는 상황에 나도 미칠 것 같았다.

내가 몸이 좋은 상태였으면 쌍둥이를 키울 수 있었을지 몰라도 오랜 병원 생활 끝에 몸이 안 좋은 상태에서 바로 아이를 돌봐야 하니 몸은 남아나지 않았다. 주변 사람들 모두 안타까운 눈으로 나를 바라보았다. 남편만 모른 척 했을 뿐이다.

가끔 친정 엄마가 오셔서 쌍둥이를 봐줬는데 하루도 힘들어 하였고 엄마가 왔으니 잠이라도 자라고 서재방에서 잠을 잤다. 밀린 잠을 정신없이 자고 있는데 비몽사몽간에 벨 소리를 듣고 나와서 문을 열면 남편이 한 번에 문을 열어주지 않았다고 눈에 쌍심지를 켜고 나무란다. 엄마가 옆에 있는데 도. 밤늦게 술을 잔뜩 마시고 자기 열쇠가 따로 있는 데도 말 이다.

한때 우리 집에서는 금요일을 주(酒)요일이라고 했는데, 남편이 친구들과 술을 마시기 시작하는 요일이기 때문이었 다. 남편은 금요일에는 어김없이 술을 먹고 들어와 토요일 내 내 실컷 자고, 늦은 토요일 저녁쯤 다시 나가 술을 마시고 들 어왔다. 나는 우리의 아이들을 키우기 위해 입에 단내가 나도 록 살았는데 말이다.

처음에는 그런 남편이 밉고 원망스럽기만 했다. 그런데 어느 순간, 신기하게도 그런 부정적인 마음에 나의 에너지를 소모하지 않게 되었다. 아들 쌍둥이를 얻는 계기가 된 신앙 생활도 그 이유 중 하나였지만, 사실 어느 순간 내 마음 깊은 곳에서부터 남을 미워하기보다는 스스로 마음을 다스리고 좋은 생각을 하자고 결심한 것이 컸다.

잠시, 남편 이야기로 돌아가면 내 남편은 따뜻하고 선한 성품을 가졌다. 그런데 나를 힘들게 하는 행동을 한 것은 마음에 상처가 컸고 좋은 부모를 본 적이 없었기 때문에 그랬다. 또 그때 한창 어울리던 사람들이 특이하게도 부부간에 사이가 좋지 않았던 이들이 많았다. 별거 중인 사람, 이혼을 준비하는 사람이 주변에 늘 있었다. 당시에 남편과 친하게 지내던 사람들을 나도 자주 봐서 아는데 특별히 문제가 있거나 나쁜 사람들은 아니었다. 그들 부부와 우리의 차이점은 그럼에도 불구하고 살아 온 것과 그렇기 때문에 살지 못한 것이다.

사람들은 보통 남의 남편이 자상하면 부러워하면서 내 남편을 미워한다. 남의 떡이 커보이는 격이라고 생각한다. 그런데 적어도 나는 남의 남편을 부러워하지는 않았다.

서로에게 주어진 환경과 부부의 성격, 그 밖의 주어진 모든 것이 다른 게 결혼생활인데, 똑같은 레시피를 갖고도 다른 맛이 나오는 게 요리라는 것을 이해하면 쉽게 수긍할 수 있을 것이다.

여기서, 딸의 이야기를 하고 싶다. 우리 딸은 멀리 있는 사립초등학교를 다녀서 스쿨버스를 타야 했는데 준비가 늦게 되면 놓치게 되어 빨리 하라고 말하는 나한테 남편은 "너

는 지능적으로 애를 괴롭힌다"고 했다. 그런 사람이 버스를
놓쳐도 한 번을 데려다 주지 않아서 쌍둥이만 두고 택시를 타
거나 좌석버스를 타고 데려다 주고 나는 차비를 아끼려고 일
반버스를 두 번이나 갈아타고 집에 왔다.

딸이 이보다 더 어릴 때는 식사를 준비하는 나에게 밥 먹
기 전에 과자를 먹겠다고 울면서 의사 표현을 하려 했다. 남
편은 그럴 때 어김없이 딸 앞에서 나를 나무랐고 말로 공격을
했다. 내가 얼마나 억울하고 분했으면 지금까지도 그 느낌이
남아 있을까.

그런데 어느 순간 남편의 그런 행동을 이해하게 되었다.
남편은 어린 시절의 트라우마가 있었다.

어머니가 아버님께서 과자를 사와도 딱 하나만 주고 숨겨
놓고 당신이 낳은 동생들만 주어서 먹고 싶어도 참아야 했고,
어쩌다 숨겨 놓은 것을 꺼내 먹으면 도둑질을 했다고 일러서
아버님께 흠씬 맞았다고 했다. 일곱 살 때 엄마가 돌아가시고
외롭게 혼자 마음 아프게 살았던 남편의 시간들을 생각하면
너무나 가슴이 아팠다.

나를 택한 이유도 돌아가신 엄마를 닮았다는 것이었고,

나이도 훨씬 어린 나한테 사랑받고 싶어서 결혼을 결심했다고 들었다. 그래서 조금은 짐작하고 있었는데 결혼 준비를 하면서 마음 아픈 현실을 접하게 되었다. 약혼식을 하기 전에 받은 폐물이 꼬질꼬질한 남자 손수건에 싸여서, 끼다가 빼놓은 반지, 심지어는 깨진 반지 알이 그대로인 채 온 것도 있었다. 그것을 받고 남편이 얼마나 힘들게 커왔나 하는 생각에 엄마와 부둥켜 안고 울었다.

이런 일을 겪으면서 어떤 전의가 생겼다. 우리가 어떻게 살건 관심도 없고 우리가 잘 사는 것을 탐탁지 않게 생각하는 그 한 사람을 이기기 위해서, 우리가 더 보란듯이 잘 살아야겠다는 다짐을 했던 것 같다.

부유한 집안의 장손인 남편은 어릴 때부터 집 안에 있으면 사업이 망한다는 거짓말로 인해 고모님 댁, 고모할머니 댁을 전전하며 자랐다. 남편의 부모님은 한 번도 도리를 제대로 가르쳐 주지 않았고, 올바르게 자라는 것도 방해했다.

살면서 예측하지 않은 어려움이 있고, 크고 작은 고난이 있다. 그런데 누구나 다 잘 이겨내지는 못한다. 부부간의 문제도 마찬가지다. 모든 문제의 해결은 서로를 생각하는 마음,

즉 이해에 있다. 나는 궁극적으로 부부 간의 이해도 부모와 자식 간의 이해와 같아져야 된다고 생각한다. 생각지 못하게 튀어나온 나쁜 말, 나쁜 행동도 그 배경을 알게 되면 무조건 탓하거나 비난할 수가 없다. 그래서 부부는 시간을 두고 이해하는 과정이 반드시 필요하다.

마음에 없는 말을 하고 나면 말 한 사람도 들은 사람도 상처를 받는다. 둘 중 하나가 순간 화를 참아서 모든 상황이 나아진다면, 당신은 어떤 쪽을 택하겠는가.

남편과 나의 가장 큰 차이점은 나는 엄마의 엄청난 사랑을 받으며 자랐고 남편은 사랑받지 못하고 자랐다는 것이다. 그것은 가슴 속 깊이 상처로 남아 있다. 입 밖에 쉬이 내지도 못하는 아픈 상처를 갖고 살아온 남편의 시간들은 분명 지금보다 몇십 배 더 힘들었을 것이다.

나의 사연을 아시는 신부님께서는 "장하다, 어떻게 살았니!" 이렇게 대견해 하신다. 간혹 바보처럼 왜 참고 사냐고 하는 이들도 있지만, 그럼 그만 두는 것은 쉬울까?

아무리 힘든 시간을 보냈어도 항상 태풍이 치지는 않는

다. 파도타기를 할 때 타이밍을 맞추면 물에 빠지지 않는 것처럼 혜를 터득하면 잘 비켜갈 수도 있다.

나는 자존감은 있으나 자존심은 없는 사람이다. 그렇기 때문에 나는 남편을 이기려 한 적이 없으며 아이들한테도 어른이기 때문에 무조건 실수를 인정을 하지 않는 그런 엄마가 되지 않았다.

결혼 생활을 잘 이어가는 사람들에게는 자기들만의 비법이 있다. 그래서 누구네 남편은 자상하게 잘 해준다며 부러워만 할 필요가 없다.

결혼 생활을 하고 있는 어느 부부든 각자의 사는 방식이 있다. 겉으로 보이는 다정한 모습, 지적이고 우아한 모습 뒤에는 치열한 싸움도, 실패의 모습도 있었을 것이다.

모든 부부, 아니 모든 사람 관계가 그렇다. 애증의 시간을 보내면서 만들어진 것이니 비교할 것도 없고 부러워할 것도 없고 그렇다고 못해 보인다고 무시하지도 말고 나의 소중한 것들을 지키며 행복하게 살기를…….

아이와 어울려 함께 식탁을 만든다

남편의 아내에 대한 인정과 믿음은 아내를 성장하게 한다. 괜히 동반자라는 말을 쓰는 것이 아니다. 우리 부부는 러닝메이트라고 자신 있게 말할 수 있다. 남편은 대학 교수이고 박사다. 나는 평생 직장생활을 해본 적 없는 주부고 학사이다. 그러나 남편한테서 여태까지 "네 까짓 게" 라는 무시하는 말 한마디를 들어 본 적이 없다.

남편은 작품집의 서문을 쓰거나, 사소한 인사말을 쓸 때도 나의 자문을 구한다. 심지어 박사논문 지도를 할 때도 나에게 꼭 읽어봐 달라고 한다. 제자의 지도논문에 들어갈 자료를 보충해야 할 때에도 참고문헌을 주면서 찾아봐달라고 한다. 그러면 나는 책 한 권을 오 분 정도만 읽고도 필요한 대목을 찾아낸다. 학사가 박사논문을 보는 것이다. 남편은 당사자들에게 내가 논문 자료 찾아 주었다는 이야기를 자랑스럽게 한다고 했다. 내 학력이 바뀌지는 않았지만 분명 업그레이드가 되고 있고, 이렇게 남편을 통해 지금까지 성장하고 있다.

삼십삼 년을, 밥만 하는 일을 하고 산다는 건 쉬운 일은 아니라고 생각한다. 내가 만난, 결혼이라는 환경에서는 최선의 선택이었으나 아쉬움은 남았기에 가정을 벗어난 직장을 다니지는 않았어도 계속 무엇인가를 배웠고 지금도 배우고 있다. 일찍 결혼을 하면서도 아이들 낳고, 좀 키운 뒤에 나이 마흔이 되면 공부를 더 하고 싶다는 막연한 꿈을 담고 있었다.

남편이 가르치고 공부하는 직업을 가졌고 나도 하고 싶은 게 많았기에 자연스러운 동기부여가 되었다. 대학교를 졸업하고 이십여 년이 지난 후에 남편 혼자 호주에서 한국으로 올 때 다시 공부하겠다니까 사이버대학교에서 미디어문예창작으로 전공을 정해주고, 아이들과 한국에 와서도 도서관에서

책을 빌려다 주며 적극 도와주었다.

가정 주부시만 남들처럼 집에만 있지 않고 부지런히 불편한 교통편을 감수하고 다니며, 아마추어 치고는 다양한 공부 경력을 갖고 있는 것을 자랑스럽게 여긴다. 한때는 이 모든 것이 내 노력이라고 주장하기도 했는데, 남편의 보이지 않는 지지가 있지 않았으면 할 수 없었을 것이다.

아이들도 엄마 역할을 하면서 틈틈이 공부를 하는데 있어서 많은 힘이 되었다. 엄마가 자기들을 직접 키워 주어서 잘 자랄 수 있었다고.

"나는 다시 선택하라고 해도 아빠 뒷바라지 하고 너희들 낳고 키우고 살아온 지금의 삶을 선택할 거야."

"1%라도 엄마가 더 만족한다면 엄마는 성공한 거야."

아이와 이런 대화를 하는데 고마워서 눈물이 나려 했다.

아내와 엄마의 역할을 충실히 하면서 내 삶도 챙기고 밥에 대한 소홀함이 생기지 않도록 잠을 줄여가며 무척 열심히 살았다. 나이 들수록 하고 싶은 일이 많고 여전히 꿈을 가득 담고 산다. 젊어서 지금 같은 마음이었으면 가정 안에서만 살았을까 싶다가도 살았을 거라는 생각을 하며 웃곤 한다.

아이러니하게도 나이가 들수록 하고 싶은 일이 더 많이 생기는 것 같다.

전업 주부들도 아이들 때문에 바쁘다. 요즘은 유치원부터 엄마들도 바쁘니 고등학교에 들어가면 말할 나위가 없다. 아이들만 바라보는 엄마들은 우리 아이들 키울 때도 그랬다. 나만 빼고.

나는 쌍둥이가 고등학교에 다닐 때 사이버대학을 다녔으며 호스피스 봉사도 했다. 아이들 보다 시간이 많아서 조금은 더 많은 책을 읽었고 공부도 열심히 했다. 그 덕분에 아이들 학교 가고 과외나 학원 보내고 난 후에도 자기 일을 못하고 아이들만 바라보는 엄마들 대열에는 끼지 않았다.

젊을 때는 성당에서 공부와 봉사를 많이 했다. 오죽하면 남편이 나를 성당에 다니는 직업을 가졌다고 자기 지인들에게 말했을 정도였다.

그때는, 결혼생활 남편이 엄청나게 바빴고 그 덕분에 나에게는 시간이 많이 주어졌다. 사회 생활 경험이 없는 터라 나는 뛰어야 성당이었다.

남편이 박사학위 논문을 쓸 때는 일본을 열 두 세 번 이나 갔다 오고, 집에서는 옷만 갈아입고 나가고 연구실 소파 베드에서 자면서 논문을 완성했다. 또, 남편을 지금 자리에 있게 한 평생의 역작인 백자 인물상을 만들 때는 중국에 삼 년 동안 왔다갔다 했고, 기타 등등 그밖에 어마무시하게 바빴다. 가끔은 외롭기도 했지만 이런 시간은 나에게도 축복의 시간이 되었다. 요즘 남편이 덜 바빠서 같이 있는 시간이 많은데, 내가 좀 많이 바빠져서 혼자 식사하게 하여 많이 미안하다.

곤지암에 집을 짓고 바로 남편이 아는 가라오케 주인이 업소용 가라오케 기계를 선물로 주었다. 그때만 해도 가정집에 그런 걸 들여놓는 경우가 드물었다. 남편이 박사학위 논문을 쓸 때는 나에게는 혼자 있는 시간이 많이 주어졌기에 어떤 날은 기계에 노래를 잔뜩 예약해놓고, 밤새 노래를 부르다가 배가 고파서 간주가 나올 때 컵라면을 끓여 먹고 허리가 아파 허리를 두드려가며 노래를 부르곤 했다. 그 덕분에 박사학위 수여식 후 축하모임을 하고 노래방에 갔을 때 내 생애 제일 노래를 잘 부르게 되었다. 이전의 노래 실력을 아는 남편친구들이 놀라워하였다. 내 노래에는 그런 슬픈 사연이 있었는데……. 그렇게 좋은 날 자꾸만 눈물이 났다. 힘든 시간을 이 겨내고 나면 좋은 결실을 맺게 된다.

부부는 둘의 문제보다 자녀문제로 다투는 일이 많다고 한다. 우리의 경우는 아이들 인성이든 공부에 대한 것이든 교육은 전적으로 나의 결정에 따랐다. 교육에 대해서는 나보다 훨씬 잘 알고 있음에도 불구하고 권한을 내게 일임해주었고 남편은 든든한 지지자가 되어 주었다. 물론 나 혼자 독단적으로 처리하지 않고 의논을 하고 중재를 위해서 선의의 거짓말을 하고 지나고 나서 자수할 때도 있다.

때로 실수도 하지만 남편은 자녀 교육에 있어서만은 늘 내 편이 되어주었다. 쉽게 결정을 내리지 못하거나 나와 다른 주변의 교육 방법에 자신감이 없어질 때도 그런 남편의 지지는 내 선택에 옳다는 확신을 갖게 해주었다.

부모 중 누군가는 악역을 맡아야 하는데 그것은 엄마인 내 몫이었다. 아빠가 악역을 맡으면 아이는 아빠와의 사이가 회복되기 어렵다. 엄마는 늘 곁에 있기에 관계가 흐트러져도 금방 회복된다. 이렇게 서로 믿고 존중하는 가족이 있을까?

남편이 밉다가도 이런 생각이 문득 들면 다시 슬쩍 미소가 지어신다.

행복한 식탁을 위해
서로 존중하는 마음

멋진 요리를 하기 위해서는 선정된 요리에 맞는 재료를 구입하고 재료를 잘 다듬어야 한다. 결혼은 이보다 좀 더 어렵다. 선택에 대한 책임을 지고 삶이라는 인생 여정을 만들어 가야 하기 때문이다.

심혈을 기울여 만든 음식이 맛이 없으면 억지로 먹거나 아까워도 버리고 새로 만들거나 사먹어도 되지만, 결혼은 함께 잘 다듬어 나가야 되는데 서로 잘났다 하며 함께 다듬어 나가지 않는 경우에는 틈이 더 벌어지고 만다. 앙금이 쌓일수록 급기야는 회복할 수 없게 되는 경우도 있다.

요즘 사람들 사이에서 '갑을 관계', '갑질' 같은 용어를 많이 쓰는 것 같다. 선택권이 있는 사람을 '갑' 선택권 없이 그저 끌려갈 수밖에 없는 사람을 '을'이라 부르는 모양이다. 우리가 결혼과 동시에 만든 이 가정에서 부부사이 또는 아이들과 갑을관계가 성립될까? 그러면 내 역할은 갑이었을까 을이었을까? 고민할 필요도 없이 나는 을이다.

가정에서의 을의 자리, 이 자리는 행복하고 좋기만 하다. 왜냐하면 우리 집에는 갑질하는 사람은 없고 을질하는 사람은 있는데, 당연히 해야 할 밥을 하면서도 자칭 훌륭한 요리사라고 말하고 가족의 건강을 책임지는 훌륭한 역할을 한다는 자부심과 '주걱 든 사람이 대장이다' 큰소리치며 벼슬로 생각하는 을의 자리가 나의 자리이기 때문이다.

나는 가족이라는 대상이 있는 한 영원한 을에 만족할 것 같다. 을을 갑 이상으로 대접해주고 을의 필요를 알고 이해해주고 귀하게 여겨주기 때문이다. 그래서 나는 을의 자리에 만족하고 갑의 자리는 전혀 탐나지 않는다. 사실 가족 모두가 각자 자기 일을 할 수 있도록 뒤에서 받쳐 주는 을의 역할은 나한테 제격인 자리라 생각한다. 을이지만 갑으로부터 소외당하지 않고, 갑으로 섬기는 내 가족들이 을의 존재를 귀히 여겨주기에 나는 늘 무한한 에너지를 내뿜는다.

아주 평범한 일상처럼 보이는 가운데 표면상 시간은 많아졌는데 한꺼번에 해야 중요한 일들이 몰리면서 누구보다 바쁜 시간을 보내고 있다.

이번 주말을 얘기하면, 아기를 가진 우리 딸과 사위를 위해 엄마표 양념치킨을 준비하기 위해 일찍부터 시장에 나섰다. 딸이 갓김치도 먹고 싶다 했던 것이 기억나 갓을 사고 갖가지 과일도 사서 들어오느 어느새 오후다. 정신없이 바쁘게 음식을 하고, 김치까지 담아 놓고 나니 아이들이 왔다. 애들은 어릴 때 먹던 그 맛이라고 좋아하고 사위도 정말 맛있다고 잘 먹는다. 나는 나는 점심을 굶은 것도 잊은 채 아이들을 보며 행복함을 느낀다. 심지어 내가 음식을 잔뜩 먹은 것처럼 배가 불렀다. 이럴 때 내가 엄마여서 너무나 좋다. 맛있는 음식을 먹으면서 누리는 행복이 남편이 오고 나서 밤늦은 시간까지 계속된다.

남편은 그런 나를 보고 초인적으로 엄마 역할을 했다고

애썼다고 격려한다. 아침부터 부산을 떠는 내가 쓰러질까봐 걱정했다는데, 나는 남편한테 잔소리나 하고 아내 역할을 제대로 못 한 것 같아 미안한 마음이 든다.

요즘 일요일은 아들 덕분에 더 바쁘다. 발목이 부러진 군인 아들이 깁스를 하고 포항에 있는 부대에 내려가는 것이 안타까워 삼단 도시락에 반찬을 만들어 보낸다. 일주일동안 먹을 반찬이라 오래두고 먹을 수 있어야 되고 무엇보다 맛과 영양이 좋아야 하기에 더 신경을 써서 만들게 된다. 준비하면서도 아들의 안쓰러운 모습이 눈에 아른거리지만, 그런 아들의 하루 에너지원이 될 음식이기에, 내색하지 않고 씩씩하게 엄마의 사랑과 정성을 담는다.

이렇게 엄마 역할을 마치고 돌아오면 이제 내 생활이 시작된다. 마중 나온 남편의 차를 타고 성당에 가서 미사를 드리는 동안 남편은 마당에서 나를 기다린다. 함께 하면 가장 좋겠지만 이렇게 데려다 주고 기다려주는 것도 고맙기만 하다.

집에 들어오면 늦은 저녁식사를 한다. 예전에는 식탁을 차리고 치우는 데 관심도 없었을 남편도 옆에서 힘들었다고 수고했다고 말해준다. 이제는 네 탓, 내 탓 하지 않고 서로 이해하고, 칭찬하는 데 더 시간을 쓴다. 자신도 낮부터 저녁까지 힘들었을 텐데 마음 써주는 모습이 고맙다.

요즘 우리 부부는 부탁을 할 때 "미안하지만……."이라는 표현을 많이 쓴다. 작은 변화인데도 이 한마디 덕에 다툼도, 작은 트러블이 많이 줄었다.

남편은 식사 준비를 할 때에는 수저를 놓아주고, 식사 후에는 그릇을 정리해서 설거지통에 옮겨다 주고 기름진 음식을 먹은 그릇은 휴지로 닦아준다.

요리는 할 줄 몰라도 보리굴비를 구우면 껍질을 벗기고 살을 발라주는데 아이들이 있을 때에도 그렇게 해줘서 아이들하고 나는 맛있게 먹기만 하면 되었다. 나는 보리굴비의 껍질을 좋아하는데, 껍질을 먹고 있으면 굴비 살을 내 밥그릇에 슬며시 옮겨 준다. 누구도 소외받지 않는 존중이 작은 일로 드러나서 행복함이 번진다.

아이들의 도시락 반찬을 쌀 때도, 가끔 밑반찬을 해다 줄 때도 마찬가지다. 가족 사이에서 을 역할을 맡는 나는 늘 먼저 해다주는 역할이지만 받는 갑들이 인사를 잊지 않는다.

아들은 바빠도 "엄마 힘들지? 애썼어요."라고 문자 메시지를 보내오고, 딸과 사위도 아무리 작은 일이라도 고맙다는 말을 잊지 않는다.

나는 내 가족을 위해 을의 마음으로 뭐든 해주고 싶고 갑으로 받들고 싶은데, 이렇게 을인 나를 언제나 대접해주는 가정공동체에 있으니 존재감이 살아난다. 듣기에는 어색할 지 몰라도 이런 올바른 갑을관계는 성공적인 결혼생활의 지름길이다.

가정이라는 가장 작은 공동체에서처럼 밖에서도 을을 대접을 해주기를 바란다면 잘못된 생각일까? 많이 가졌다고 높이 있다고 을을 무시한다면 갑은 항상 행복하고 을이 갑을 존경할까?

사실 갑질이니 하는 말은 다 부정적인 표현인데, 왜 이런 구별을 해야 하는 세상이 되었는지 모르겠다. 어느 날부터는 언론에서도 '갑질'이라는 말이 경우 없는 행동을 가리키는 고유명사로 자리매김하여 씁쓸하다.

우리 집은 을질하는 나를 귀하게 여기듯이 밖에서도 자신보다 힘없는 사람을 을이라 여기지 않는다. 특히 우리의 아이들이 앞으로 살아가야 할 시간이 우리보다는 많으므로 사람

을 귀하게 여기며 서로 윈윈하는 세상을 살아가기를 바라는

마음이다.

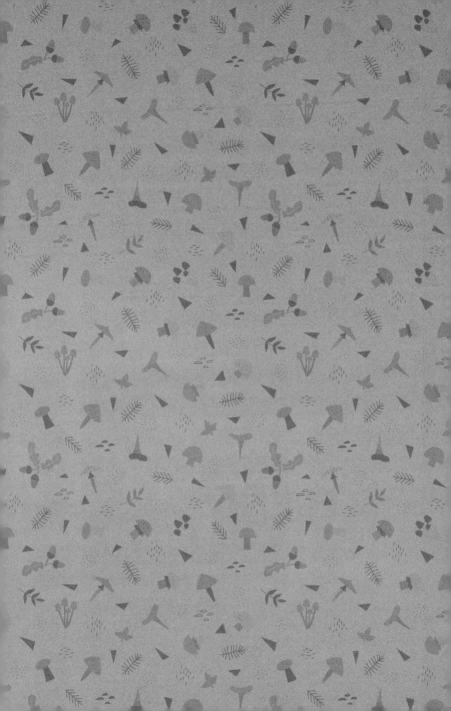

결혼 레시피 5/
플레이팅:
더 예쁜 가족으로
다시 태어나다

가까이 함께하기에
더욱 필요한 배려

결혼을 하면 반려자가 생긴다. 반려자의 사전적 의미는 '짝이 되는 사람'이다. 대개의 경우는 이 짝이 되는 사람과 결혼하고 가정을 꾸미고 아이를 낳고 산다. 지인들 중에 결혼하지 않은 이가 많은데 맞는 짝을 만나지 못해 결혼하지 못한 이가 대부분이라 내내 마음이 쓰여서 좋은 짝을 소개시켜주고 싶어서 내가 더 두리번거리고 찾고 있다.

사실, 운명적 만남만이 결혼에 골인하게 되지는 않는데 그 중 기억나는 한 사람이 있다.

남편의 지인 중 얼굴도 잘 생기고 키도 크고 집안이 좋고 사회적으로도 성공을 한 사람이 있다. 누가 봐도 일등 신랑감이었다. 그런데 외아들이고 누나들이 많아서 선을 보고나면 일일이 입을 대어 번번이 성사되지 않았다. 그런 중에 우리 아버지의 지인의 딸과 선을 보게 되었다. 만나고 나서 여자 쪽에서는 마음에 들어 했는데 남자 쪽에서는 답이 없었다.

시간이 흐르고 나서 남자 쪽에서 마음에 든다고 연락이 왔을 때는 그 여자는 이미 결혼을 한 후였다. 그분은 지금 칠십이 넘었는데 싱글로 살고 있다. 결혼에 마음이 없는 것이 아니었는데도 결국 본인의 결단력 부족과 누나들의 훈수 탓에 반려자 없이 영원한 싱글로 남게 한 것이다. 겉으로 표현하기는 그렇지만 그 분을 떠올릴 때마다 안타까운 마음이 든다.

결혼을 하면 좋기만 할까? 우리 부부는 아직도 사소한 일로 트러블이 생기고 금방 화해를 하는데 함께 사는 햇수가 길어질수록 더 그렇다. 부부싸움은 사소한 일로 싸울지언정 큰일에는 싸우지 않아야 된다고 생각하는데 우리의 경우가 그래왔다. 예측하지 못한 어려운 일이 생길 때는 마음을 모아 이겨내야지 서로의 탓을 하며 싸우기만 한다면 돌이킬 수 없게 만든다.

누구나 아는 것처럼 남자와 여자의 차이점은 많다. 예전에 다니던 한의원 원장님 말씀이 기억나는데, 여자는 딱 봐도 콩을 콩이라 하고 팥을 팥이라 한다. 그런데 남자는 콩인지 팥인지 결과를 보아야 안다고 했다. 그런데 여자는 콩인지 팥인지 구별 못하는 남자를 이해하지 못하고 처음부터 바로 잡으려 한다. 그 원장님의 부인은 콩을 팥이라 해도 따지지 않고 기다려 주고 나중에서야 "그건 콩이 아니라 팥이었어요."라고 한다고. 나는 성질이 급한 편이지만 기다려 주려 애쓰며 살다보니 어느새 느긋한 성격으로 변했다.

함께 사는 부부이기에 장점을 제대로 보지 못하고 놓치는 경우가 있다. 남편이 어디서나 나의 든든한 백그라운드가 되어 주었다는 사실을 알게 된 경우가 그랬다.

결혼을 하고 나면 시댁 친척 어른들은 딸 낳고 임신이 되지 않아 고생을 하는데도 빨리 동생을 가지라고 부담을 주고 불편할 정도로 물었다. 그럴 때 남편이 나서서 아무도 나한테 그런 소리 하지 말라고 단호하게 말했다 한다.

또 쌍둥이 낳고 투병 생활 할 때에는 그 힘든 치료를 하면서 웃는 게 마음이 아프다고, 자기가 의지하고 사는 유일한 사람인데 잘못되면 어쩌냐고 눈시울을 붉혔다는 이야기를 숙모님을 통해 전해 듣고 내색하지 않는 남편한테 서운해 했었던 게 미안하고 남편의 깊은 마음에 고마웠다. 그래서 부부를 반려자라고 하나 보다.

그런데 어느 때는 생각이 잘 맞는다 싶다가도 어느새 안 맞아서 다투기도 한다. 아마도 반려자인 남편과 단 둘이 평생을 살아가라 했다면 무척 심심했을 것이다.

내가 아이 욕심이 많은 것에 대한 이유에 대해 다 밝힐 수는 없지만, 가장 큰 이유는 8대종손 맏며느리기 때문이다. 우리 집의 세 아이는 며느리로서 내 도리를 다 하고 싶고 남편을 행복하게 해주고 싶다는 희망을 넘어선 간절한 소망이 있었기에 이루어진 꿈이라 해도 과언이 아니다.

병원에 누워서 백 일을 버티고 이렇게 어렵게 태어난 쌍둥이들이 인큐베이터에서 이주일, 삼주일 이렇게 있었는데 너무 먹지 않아서 병원에서 다시 검사를 했는데도 특별한 이유 없이 먹지 않았고 퇴원에서 집에 와서도 여전히 그랬다. 분유 5cc, 10cc를 한 시간 동안 먹을 정도로 잘 먹지 않았다. 이렇게 안 먹으면서 잠도 잘 안 자는데 그래도 힘들다는 생각보다는 좋았다.

"주심에 감사하며 잘 키울 수 있는 힘을 주소서!"

종교가 없었을 때인데도 이렇게 기도하며 키웠다. 병원에서 몇 달을 보내면서 예민해졌고 태어나서 적응해나가는 힘겨움에 그럴 거라는 생각에 안쓰러웠다. 쌍둥이가 배고프다 울 때는 1초라도 먼저 우는 아이부터 우유를 줬다. 배고프다 우는 한 아이를 보면 마음이 아프더라도 한 명인 엄마가 할 수 있는 기본적인 룰을 그렇게 세우고 키웠다.

남편은 쌍둥이 키울 때 거의 도와주지 않았는데 그래서 지금까지 그 부분에 대해서 나한테 공격을 받는다. 지금 생각하니 그때 산후우울증이 왔었는데, 쌍둥이 키우는 게 힘들어서 오히려 넘어지지 않고 지났다는 생각이 든다. 쌍둥이를 키우는 것은 힘들었지만 어린 딸이 동생을 봐주고 심부름도 해주었고 쌍둥이가 세 살이 지나면서 훨씬 수월해졌고 세 아이를 키우면서 지금까지 꿈을 꾸는 듯한 행복함 속에 살고 있다 해도 과언이 아니다.

우리 집에는 풍산개 여섯 마리가 있는데, 소나무 밑 명당자리에서 자기들 영역을 지키며 밥값을 하고 있다. 어떤 때는 내 몸이 아파 밥을 못 먹더라도 강아지들의 사료는 준다. 다 다른 개성을 가지고 있는데 각기 다른 방식으로 예쁨 받으려 비장의 무기를 내보이면서 어필을 하는 것이 웃기기도 하고 예쁘다. 사료를 주거나 가끔 특별식을 주는 것 외에는 딱히 해주는 게 없다. 보통은 사료를 주고 총알같이 들어오는데 시간과 마음의 여유가 있을 때는 작정하고 내려가 한 마리씩 쓰다듬어주고 이름을 불러준다. 애들이 나를 좋아하는데도 이조차도 자주 해주지 못해서 미안하다.

마음 울적할 때, 현관문만 열어도 모든 관심이 나에게로 쏠리고 꼬리를 흔드는 모습을 보면 발길이 갈 수밖에 없다. 예쁨 받고 싶어하고, 이름을 불러주거나 쓰다듬어 주는 단순한 행동에도 좋아라 꼬리가 빠져라 흔드는 그 모습을 보다보면 울적함도 사라지고 굳이 복잡하게 살 필요가 없다는 생각이 들어 저절로 마음의 충전이 된다. 그래서 반려견이라고 부르는구나 싶다.

일상으로 돌아와, 가족들이 모여 밥을 먹고, 차를 마시고 간식을 먹고 쉴 새 없이 이야기를 할 때의 이 소박한 행복이 눈물 나게 좋고 아이들이 다 모여 벅적대면 그 자체만으로도 정말 신 난다. 가족은 이렇게 있어주는 자체만으로도 행복을 준다.

　살기 힘든 세상이라 무조건 많이 낳으라고 할 수는 없지만 우리네 부모들이 물질적 혜택보다 마음의 넉넉함으로 우리를 키웠듯이 한번쯤 생각해봤으면 좋겠다. 한 집에 한 자녀, 아니 자녀를 낳지 않는 추세가 계속되면 인구절벽을 막을 수 있는 방법이 없다. 백세시대라고 하는 우리의 노후는 물론이고 무엇보다 우리 아이들이 너무 외롭지 않을까.

　그래서 더 많은 젊은 세대가 결혼을 하고, 아이를 낳았으면 좋겠다. 고리타분한 이야기일 수도 있지만 길고 긴 결혼생활을 헤나갈 수 있게 하는 힘이자 원동력이 아이들이라는 점은 부정하기 어렵다.

　나는 아이들에게 결혼을 하면, 아이를 낳을 수 있는 몸과 마음과 환경적 여건을 만들고 축복된 임신을 하길 권했다. 나는 어렵게 아이를 가지고 길렀기에 생명의 잉태, 임신이 얼마나 큰 축복인지 얼마나 감사해야할 일인지 잘 안다. 나아가 한 명의 아이가 주는 행복과 둘, 셋 다자녀가 주는 행복, 사람이 주는 행복은 그 어느 것으로도 대신할 수 없다.

　나는 내 반려자와 오래오래 지금처럼 아이들과 함께 나누는 일상의 작은 행복에 웃으며 살고 싶다. 소중한 것은 다 다

르고 각자의 방식으로 소중하다 생각하는 것을 지켜내겠지
만, 행복한 가정을 꾸리고 인생의 긴긴 여정을 반려자와 아이
들과 함께하는 일상의 행복만한 것이 있을까?

결혼은 내 자리를 잃는 것이 아니라 내 자리를 찾는 것

결혼을 할 때 내가 무엇을 중요하게 생각하고 했었는지에 대한 기억은 흐릿해져 있다. 그런데 문득 33년 차 결혼생활을 하고 있는 시점에서 나는 준비한 요리를 상에 차리는 데까지 왔을까 아니면 상을 치우는 데까지 왔을까 궁금하다.

대학을 갓 졸업하고 결혼을 해서 하루하루를 보내고 특별히 한 것도 없이 단순한 시간을 보내고 또 보내고 돌아보니, 다 자란 아이들이 셋이 있다. 내가 이 아이들보다 훨씬 어릴 때 결혼을 한 거니까 결혼을 하지 않고 혼자 살았다면 어떤 모습일까 상상하기도 어렵다. 어쩌면 젊을 때의 날씬한 몸매를 유지하고 있었을 수도 있지만 어찌 그런 것만으로 비교할 수 있나 싶다.

남편과 함께하는 시간은 신혼 초보다 요즈음이 더 많다. 처음에는 혼자 있는 게 익숙하다가 같이 보내려니 적응이 되지 않아 내가 남편을 구박한다는 오해가 다툼이 되기도 했다.

사회생활이 힘든 것은 물론 모르는 바는 아니지만 가정을 지키는 것 또한 그리 쉬운 일이 아니다. 나에게 직업이 주어졌다면 누구보다 잘 해 냈을 자신이 있는 것도, 모든 걸 내려놓고 살았던 시간을 무사히 보냈기 때문이다.

내가 이 자리를 지키지 않았으면 우리 가족의 지금의 모습이 존재할 수 있을까? 내가 있어서 가족들이 마음 편히 직장을 다니고, 학교를 다닌 것이다. 당연히 해야 할 일은 없다. 모든 것은 눈에 보이지 않는 누군가의 노력에 의해 이루어지는 것임을 가족들이 꼭 기억해주었으면 좋겠다.

큰 아들이 대학교를 졸업하고 해군장교로 입대하기 전에 한정판 명품 지갑을 선물로 주면서 "핸드백은 엄마 남편한테 사 달라고 해, 잘 키워 주셔서 감사합니다!" 하고 인사를 했다. 그 말을 들으면서 눈물이 났다. 지금도 그때 일을 떠올리면 생생하게 그 감동이 그대로 남아 있다.

다른 지갑도 있지만 아들한테 선물로 받은 그 지갑은 특별히 더 아끼게 된다. 마음 같아서는 고이 모셔놓고 싶지만 아들이 섭섭해할까 봐 조심조심 쓰는 엄마의 마음을 알까? 그러나 시간이 흘러도 마음에 더 진하게 남는 것은, 물질이 아니라 잘 키워줘서 고맙다는 그 말이다.

쌍둥이 아들들은 대학교에 다니면서 인턴을 하면서 돈을 모았는데 아껴 쓰면서도 가족한테 선물을 자주 해주고 그랬다. 큰아들은 콜롬비아에 스페인어를 배우러 갔는데 수업이 끝나고 인턴근무를 하면서 돈을 받았다. 돈을 받은 날은 '내가 나를 위해 주는 선물이야.' 하면서 맛있는 음식을 사 먹으면서 사진을 찍어 보냈다.

작은 아들도 인턴을 많이 하였는데 월급을 받으면 가족들 선물을 사 주고 밥을 샀다. 우리 부부는 사양하지 않고 먹었고 그런 시간을 즐겼다.

이 아이가 중국에 있을 때 갔었는데 남의 나라에서 쓸 돈이 넉넉하지 않았을 텐데 근사한 음식점에서 맛잇는 요리를 먹고 계산을 하면서 이 정도는 하려고 돈을 남겨 놓았다는 말을 했다. 누구는 자식이 돈을 쓰는 것이 안타까워 사양한다고 하는데, 나는 이런 기회를 즐긴다. 내가 열심히 잘 키운 덕에 우리 아들이 자라 제 역할을 하는 모습이 뿌듯하기 때문이다. 자식에게 뭘 바라는 것이 아니라 아이들이 스스로 베푸는 호의는 부모가 기쁘게 받을 필요가 있다.

물론 자식들한테 받는 것보다 해줄 때가 좋다. 그러나 기쁘게 받는 것이 더 중요하다고 생각한다.

우리 엄마는 우리 형제가 사주는 밥을 편하게 드시지 못하고 항상 먼저 돈을 내신다. 나는 항상 엄마에게 싫은 소리를 했는데 막상 딸이 결혼을 하니까 엄마 마음을 더 잘 알게 되었다. 그러나 나는 엄마처럼 하지 않고 아이들이 줄 때는 사양하지 않고 받는다. 대신 나중에 더 많은 것을 해주려 한다.

내 결혼 생활은 성난 파도가 치는 그런 바다가 아닌 고요함이 먼저 떠오른다. 살면서 소용돌이치는 감정의 변화가 왜 없었겠냐마는, 지금 돌아보면 잠시 지나는 바람이었던 것 같다. 지금의 나이에 마음에 나쁜 기억을 가득 담고 있다면, 내가 살아온 시간이 무의미해질 것 같아 의도적으로 잊은 것도 있다. 그래서 지금 나는 매일이 무척 행복하다.

결혼생활은 누가 뭐래도 내 중심을 잡는 것이다. 아무리 시대에서 뭐라 하여도 잘못된 행동에 편승할 수는 없다. 누가 나를 괴롭히고 미워한다 하더라도 나는 나를 믿고 무조건 나를 지지해주는 가족이 있기에 넘길 수 있었다.

때로 가족들 사이에서도 모함과 나쁜 말이 오간다. 그러나 거짓은 진실이 될 수 없고, 진실은 시간이 지나면 반드시 밝혀지게 되는 것이 진리다. 남편이 직장에서 말도 안 되는 모함을 받은 일이 있었는데 서로에 대한 믿음이 있었기에 적절한 대처를 하여 위기를 넘겼고 모함한 사람은 보직해임이 되었다. 십 년쯤의 세월이 흐른 후에 행사에서 남편 옆자리에 앉았는데 '그때는 미안했다'고 했다는 말을 들었다.

만일 가족인 내가, 가장 가까운 사람인 내가 남편을 믿지 못하고 세상 사람들 말을 믿었다면, 어땠을까? 지금 우리 가족의 단란함은 없었을 것이다. 그런데 나의 이런 믿음은 사실 남편으로부터 나왔다.

남편은 경상도 남자이고 종갓집 장손이며 대학교수이다. 남편 또래의 한국 남자들이 대개는 그렇지 않은데 우리 남편은 나를 존중했고 내 말을 귀담아 듣고 서로 힘을 합쳐서 힘든 일을 이겨냈다.

밖에 나가 사회생활을 하는 사람은 남편이지만 남편 앞을 가로막는 고난은 내가 베어 버리면서 보호해주고 싶은 사랑이 있었다. 이것이 나이 차이도 극복하게 했고, 둘이 힘을 합쳐 살아낸 시간들을 더욱 값지게 했다.

사실 결혼 전 나는 나밖에 모르는 이기적인 성격이었다. 엄마가 모든 앞가림을 해주어 온실 속 화초처럼 자랐고, 바보스러울 정도로 아무 것도 몰랐다.

그러나 내가 한 선택에 대한 책임은 다하고 살아야겠다는 결심 아래, 주사위를 던지고 결혼을 택했다. 그 선택은 나를 성장하게 했다. 우리 남편은 박사학위를 가진 교수든, 그 어떤 높은 자리에 있는 성공적인 사회생활을 하는 다른 이들보다 나를 자랑스러워했다.

아이들이 커 가면서 논쟁을 벌여도 남편이 나를 대접해주어 인정받는 것이 엄마의 자리에서도 권위를 찾아준다. 엄마의 자리, 아내의 자리는 '무직'이 아니라 무슨 일이든 할 수 있는 무한한 권한을 누리는 자리임을, 나와 우리 가족을 통해서 확인할 수 있다.

아이를 잘 키우고 싶어 나를 먼저 돌아보다

잘 키운 아이들을 보면 '굶어도 배가 부르겠다'는 말을 하는데 아이 때문에 힘든 일을 겪는 부모는 삶 자체가 아프지 않을까 싶다. 자식 가진 사람은 함부로 이야기하는 게 아니라는 말도 있는데 남의 말을 하기 좋아하는 이들은 여전히 존재한다.

우리 딸 초등학교 때 친하게 지내고 왕래하던 엄마들 사이에 내가 따돌림을 당한 적이 있었다. 누군가가 거짓말을 꾸며내고 이간질을 한 것이었다. 나중에 그 엄마를 제외한 엄마들과는 다시 잘 지냈지만 그 일을 겪으면서 여자들, 엄마들하고는 가급적 거리를 두게 되었다.

좋은 의견을 공유하면서 아이들한테 도움이 되었으면 하여 나간 모임도 내 맘 같지 않다는 것을 알았고, 거짓말하는 사람 말에 잠시라도 마음이 동해서 나를 의심했던 학부형들과의 관계도 다시 돌아보게 되었다. 그 후로 학부모 모임에 열성적으로 나오는 엄마들과 마음을 터놓고 지낸 적이 거의 없다. 사실 몇 번의 모임을 통해 굳이 다른 사람의 도움 없이도 내 아이들을 잘 키울 수 있다는 자신감 또한 컸었다. 엄마들끼리 몰려다니면서 얻는 것보다 잃는 것이 많다는 생각이었고 나만의 확고한 교육관을 갖고 있기 때문이기도 했다.

부부 사이에서도 자녀 문제로 인해 다툼이 생기는 경우가 많다. 아이를 혼자 낳는 것도 아닌데 문제가 생기면 서로 탓을 하는 그런 부모들이 생각보다 많다. 그 골이 깊어 헤어지는 일이 생긴다면 그것은 누구를 위한 선택이라 할 수 있을까.

똑똑하고 사회적으로 성공한 부모들이라고 자녀교육을 잘 시키는 것은 아니다. 너무 잘난 부모는 자식의 부족한 면을 인정하지 못하고 보듬어 주지 못해 아이 눈높이를 간과한다. 나는 우리 아이들의 존재 자체가 축복이고 선물이라 생각되어, 엄마라고 아이들을 누르고 이기려 하지 않았고, 어른임을 내세우지도 않았다.

우리 아이들은 어릴 때부터 따뜻하고 자상했으며 아빠가 바빠서 잘 놀아 주지 못했어도 어쩌다 한 번 간 놀이동산이 얼마나 좋았는지 여러 번 이야기 하는 그런 아이들이었다. 나의 바뀐 립스틱 색을 알아보고 예쁘다는 말을 해서, 엄마도 여자임을 수시로 확인시켜주었고, 쌍둥이 아들은 피아노 치면서 화음을 넣고 노래를 불러서 노랫소리가 떠나지 않게 했다. 아이들은 가끔 손님들 앞에서 노래를 불러줘서 우리 부부를 부러움의 대상이 되게 했다. 그때 만난 친구들은 아이들이 다 자란 지금까지도 아이들의 안부를 묻는다. 어딜 가도 두 아들을 보며 "좌청룡 우백호네. 너는 밥 안 먹어도 배가 부르겠다"는 말을 듣게 한다.

남편은 아이들 교육을 전적으로 나를 믿고 맡겼다. 덕분에 나는 소신껏 자녀교육을 할 수 있었다. 심지어 시댁에서 아이들이 잘못해서 나무랄 때는 시부모님도 내 훈육 방식을 존중해주셨다. 한 번은 방문을 닫고 야단을 친 일이 있었는데 그렇게 아이들을 사랑하시는 아버님도 아무 말씀 안 하시고 나를 믿어 주셨다.

아버님은 항상 며느리인 나한테 "자식 교육은 참 잘 시켰다"고 칭찬을 아끼지 않으셨고 늘 "수고가 많다"고 말씀해 주셨다. 이런 믿음이 있었기 때문에 더 잘할 수 있었던 것 같다. 적어도 나에게는 채찍보다는 당근이 좋은 효과를 냈다.

자녀 양육은 꼭 엄마만 책임을 지는 것이 아니다. 왜 이런 고루한 말을 꺼내는가 하면 아빠가 밤새도록 컴퓨터 게임을 하고 아이와 대화도 없이 살아서 아이가 커서 엄마의 마음을 아프게 하는 경우를 보았고 아빠는 여전히 무심하여 엄마와 아이가 같이 마음이 아파 오래도록 치료를 받고 있는 일도 보았다.

나는 아이 때문에 힘들어하는 엄마들을 보면 멘토를 만들어 주기를 권하는데 한 자녀 가정과 언니나 형이 없는 경우에도 같은 세대들 살아가는 것에서 오는 공감대 형성이 되어서 좋은 영향력을 미친다. 나는 주변에서 요청하면 우리 아이들과 연결해주기도 했다.

내 아이를 잘 키우고 거기에 머무르지 말고 다른 아이들한테도 눈을 돌려보게 되면 할 일이 많다. 지금 내가 청소년 진로 지도를 위한 교육을 받고 실습을 하는 것도 무사히 아이들을 다 키워냈기 때문에 자신감도 있고 시간과 마음의 여유가 생겨서 할 수 있는 것이다.

보통의 경우에는 아이들 문제로 부부싸움을 하지만 우리는 남편이 나를 믿고 지지해줘서 내 마음껏, 아이들을 키웠으나 항상 의논을 하였다. 그리고 남편이 믿어주는 것 이상으로 큰 힘은 없이 되는 것은 없어서 남의 교육관을 알 필요가 없었다. 집집마다 다 환경이 다르고 아이들의 개성이 다른데 우리나라 엄마들은 좋다고 하면 다 따라한다. 그래서 아이들을 보면 쌍둥이 고양이처럼 보여 걱정이 되기도 한다.

이런 말을 하면 잘난 척한다고 생각하는 사람도 있겠지만 무개성의 첨단을 걷게 하고 싶지 않다면 처해 있는 입장에 맞춰 키우기를 권한다.

우리 아들들은 일 분 차이 일란성 쌍둥이지만 뚜렷한 개성을 갖고 있다. 개성은 사람만 가질 수 있는 고유한 특성이다. 변화하는 시대, 4차 산업혁명 시대에는 인간 개개인이 가진 독특함이 가장 큰 무기라 하는데 구지 획일화된 교육으로 아이들의 장점을 죽일 필요가 있을까?

행복은
대물림된다

결혼을 하고 또 아기를 가지면 엄마가 해준 음식이 더 그리워진다. 나도 그랬고 우리 딸도 그렇다. 먹어본 음식에 대한 그리움은 세월이 흘러도 여전히 남아 있어 그때 몰랐던 엄마의 마음을 엄마를 떠난 지 오래 되어서도 더 진하게 느껴진다.

엄마가 해준 밥에는 엄마만의 냄새가 나고, 사랑과 정성이 담겨 있다. 나 역시 엄마가 해준 모든 음식에 아련한 기억의 내음을 찾아 음식을 하게 되어서인지 우리 모녀의 식성과 솜씨는 참 많이 닮아 있다. 그런데도 가끔 밥하기가 싫을 때

집밥 같은 맛을 찾아서 밖으로 사먹으러 갔다가 괜히 나갔다고 후회하기도 한다.

　얼마 전에 딸이 갓김치가 먹고 싶은지 "엄마! 요새 갓김치는 안 담가?"라고 한다. 먹고싶다는 말은 하지 않았지만 엄마이기에 딸의 마음을 읽을 수 있다.

　나는 벼르고 벼러 장에 가서 갓을 사다가 갓김치를 담근다. 그리고 사위와 함께 온 딸 손에 바리바리 들려 보내고 주방에서 우리가 먹을 남은 갓김치를 익힌다.

　그런데 요즘에 김치를 담그고 나면 부쩍 엄마가 그리워진다. 우리 엄마는 음식 솜씨가 무척 좋아서 먹고 싶은 것을 말만 하면 번개처럼 다 만들어주었다. 그런 엄마가 내 김치는 시골할머니 손맛이 난다고 좋아하는데 갓김치도 그렇다. 나는 우리 남편의 아내, 우리 아이들의 엄마지만 우리 엄마의 딸이기도 하다. 그래서 내가 아이들에게 내리사랑을 하는 것처럼 엄마에게 사랑을 받는데, 그렇게 엄마로부터는 평생 물심양면 받기만 하면서 유일하게 해줄 수 있는 게 가끔씩 김치를 나누는 일이다.

　전에는 나도 신김치를 잘 먹었지만 나이를 먹고 나서는

갓 담은 싱싱한 김치가 맛있어져서 우리 엄마가 신김치를 안 드시는 게 이해가 되니 내가 그 입장이 되어야 비로소 알 수 있는 것인가 보다. 이번에 담근 갓김치가 더 익기 전에 엄마에게 갔다와야겠다, 마음 속으로 다짐을 한다.

내가 움직이기 여의치 않을 때는 아들 손을 빌려 엄마에게 김치를 보낸다. 아들이 김치를 갖고 가면 늘 듣는 말이 있다.

"엄마, 할머니는 엄마가 한 김치를 보면 짠하다고 해."

유난히 손에 물도 묻히지 않고 공주처럼 컸던 딸이 주는 김치를 받는 엄마의 마음이 느껴진다. 딸이 아무리 나이를 먹어도 애틋함이 생기는 것은 바로 친정엄마기 때문일 것이다.

나는 엄마와 닮지 않았다 생각하는데 남편은 예전부터 열성적으로 아이들 해먹이고 챙기는 내 모습을 보면 참 많이 닮았다고 한다.

엄마라는 자리는 방법은 다르지만 가족을 위해서 자신의 생애 최고의 달리기 기록을 갱신할 수 있을 만치 언제든 뛰어나갈 준비가 되어 있다.

우리 엄마는 생각도 행동도 보통 사람들이 따라 오지 못할 정도로 빼어나고 적극적이라 무조건 먼저 앞장서는 편이고, 나는 할 줄 아는 것도 없고 해서 보통 때는 한 발 물러서서 내다보는 참모 역할을 하고 진두지휘는 하지 않으려 한다. 본의는 아니겠지만 엄마가 너무 나서면 오히려 자식들의 장점이 실종되고 만다. 그래서 나는 웬만하면 모자란 척, 부족한 척 곁에서 맴돌곤 한다. 나는 가족 개개인의 능력이 증대되기를 바라고 긍정의 힘을 잘 발휘할 수 있기를 기다려 주고 일부러 뒤에서 따라가는 역할을 늘 자처한다. 오히려 지금의 시간은 아이들한테 보호를 받을 때가 많고 요즘 남편과 나는 서두르지 않고 슬렁슬렁 즐기고 있다.

내가 결혼을 하고 아이들을 낳고 아이들이 다 결혼을 하게 되면 인생의 사이클이 비로소 완전한 원을 그리게 되는데 둥근 원은 선의 유연함으로 연결이 된다고 생각한다.

누군가의 딸이 아내가 되고 다시 엄마가 되고, 아들이 남편이 되고 아빠가 된다. 그 딸이, 아들이 결혼을 하게 되면 분리되거나 도태되는 게 아니라 더 커다랗고 힘 있는 원을 만든다. 이 원 안에서는 누구 하나 소외된 이 없이 모두가 중요한 역할을 한다.

가족, 아니 식구가 그려내는 삶의 원은 세월이 흘러 누군가가 빠져 나가게 되어도 끊어짐 없이 다시 연결이 되어 굴러가고 있을 것이라고 믿는다. 적어도 내가, 우리가 지켜왔던 내 가족은 그렇게 원을 그려내며 둥글게 담아내며 살아가고 있을 것이다.

우리 엄마는 우리와 함께 아니면 평생 혼자서 밥 한 번 사먹는 일 없이 우리의 밥을 해주었고, 지금은 우리 아들에게 밥을 해주고 있다. 아마도 돈 내고 커피 한 잔 사먹은 일도 없을 것이다. 평생 내어 주기만 하느라 그렇게 가고 싶어하는 일본 온천에도 한 번 못 가보고 치매 14년차인 아버지 수발을 하며 살고 있음에도 얼굴 한번 찡그리는 일이 없다. 이런 엄마지만 만나기만 하면 싸워서 일부러 자주 가지 않는 편인데 마음은 늘 그립다.

엄마가 나를 종교처럼 좋아하는 것을 알고 있지만 잔소리가 듣기 싫고 나와 생각이 다른데다 나이든 고집이 있어 참지 못하게 된다. 그래서 엄마를 만나려면 결심이 필요하다.

음식 솜씨가 좋은 사람은 미각이 발달했을 거라 분명 우리 엄마도 맛있는 음식을 좋아할 것이다. 당신의 입에 들어가는 것을 아까워하면서 아낌없이 내어주고 사는 삶은 그 시대를 살아온 분들의 공통점이다. 내가 지금 우리 가족에게 아낌없이 사랑을 베풀며 사는 것은 아마 그런 엄마의 사랑을 받으며 자랐기 때문이 아닌가 싶다. 사랑을 받으며 성장한 사람들은 다시 사랑을 내어 주며 살아간다.

지난 해 김장 준비를 하면서 딸한테 김장값으로 5만 원을 내라고 했더니 사위한테 받아 준다고 하는데 어떻게 사위가 주는 김장값을 받겠나 싶어 웃음이 나왔다. 엄마가 사랑을 가득 담고 솜씨가 좋아 맛있게 담는 김치가 어디 5만 원으로 되겠는가? 굳이 달라고 한 이유는 마음의 정성을 보태라는 그런 의미였다.

우리 엄마는 우리가 밥을 산다고 해도 기어코 돈을 냈다. 그러고는 서운해 할 때도 있어서 아이러니한 일이라 생각된다. 항상 내어주기만 하다보면 생기는 그런 우울함이 있다. 나도 받는 것보다 주는 것을 더 좋아하지만 주는 것을 잘 받는 것 역시 배려라고 생각하고부터는 애들한테 잘 받고 잘 얻어먹는다.

우리 엄마는 자다가도 일어나 먹고 싶다는 것을 만들어

주었고, 사랑을 담은 밥을 해주었다. 때론 그런 엄마가 불편하기도 했는데 어느새 지금 나도 엄마한테 받은 대로 그렇게 하고 있다. 또 집 밖에서 집 밥을 사먹으러 다니게 하지는 않고, 뭐든 맛있는 것을 하나라도 더 만들어 주려고 했던 엄마의 모습을 닮아가고 있는 것 같다.

함께 하는
특별한 식탁

결혼을 하면 밥을 같이 먹는 사람, 식구가 생기고 아이를 낳으면 식구는 는다. 예전에는 식구가 많은 것이 자랑이었고, 행복의 상징이었다. 그런데 요즘은 혼밥, 혼술, 혼행 등 함께 보다 혼자 하는 것을 즐기는 사람들이 늘어나고 있다.

주변에서 "결혼하면 혼자 생각할 시간이 없잖아요?" "같이 밥 먹기 싫은 날은 어떻게 해요?"라는 질문을 종종 듣는다. 그런데 내 생각은 조금 다르다. 결혼을 해도 얼마든지 혼자만의 시간을 즐길 수 있다.

나는 결혼 전부터도 먹고 싶은 게 있으면 혼자 잘 먹고 다니는 편이었나. 결혼 후에도 집에서 혼자 밥 먹을 때도 많았고, 볼일 보다가 시간이 나면 혼자서도 음식점에 들어가 끼니를 잘 챙겼다. 지금도 그렇다. 나는 혼자 있는 시간이 많았고, 즐긴다.

그런데 시간이 지나면서 달라진 것이 있다. 혼자 식당에 갔는데 음식이 맛있으면 누군가가 떠오른다는 것이다. 바로 우리 식구들의 얼굴이다. 그래서 기억에 남는 식당은 꼭 연락처를 챙겨와 언제 같이 와야지 한다.

이제는 혼밥, 혼자 있는 시간을 즐기던 나는 어느새 사라지고 누군가와 함께 하는 시간을 즐기는 내가 진짜 내가 되었다. 아마 식구들과 함께하는 사람들은 누구나 느끼는 감정의 변화일 것이다.

남편은 나와 달리 혼자 먹는 밥을 무척 싫어한다. 사실 정반대의 성향인 나는 이런 면을 잘 이해하지 못했다.

바쁘다보면, 그리고 피곤하다보면, 또 33년 밥만 했다는 핑계를 대다보니 가끔은 밥이 하기 싫어지기도 해서 남편이 밖에서 식사를 하고 왔으면 하는 기대를 할 때가 있다. 최근

외부 활동이 많아지다보니 남편이 일주일에 몇 번은 혼자 식사를 해야 해서, 저녁 준비를 미리 해두고 나올 때가 있다.

남편은 젊을 때는 있는 반찬도 혼자 꺼내서 먹을 줄 몰랐다. 돌이켜보면 아마도 내가 그렇게 만들었나보다는 생각이 든다. 사람이 하기 싫은 일은 있어도 할 수 없는 일은 없다고, 요즘은 준비 해놓고 나가면 내가 보낸 메시지를 보면서 혼자서 잘 차려 먹는다. 나는 혼자 먹는 데에 익숙하지만 남편은 혼자 있는 시간이 많지 않아 외로울듯 싶어서 집에 있을 때보다 반찬에 더 정성을 들이다 보니 나는 항상 굶고 물만 겨우 챙겨 나오는 재미있는 상황이 벌어지기도 한다.

나와 달리 남편은 밖에서 혼자 하는 식사는 무척 싫어 한다. 한번은 동네 식당에 가서 갈비탕을 시켰더니 살도 없이 조그만 갈비뼈만 나오고 도무지 식사를 할 수 없을 정도로 너무나 빈약해서 화가 나서 엎어버리고 싶을 정도였다는 말을 해서 애처롭고 미안했다.

같이 외출했다 들어와서 신발만 벗고 옷도 못 갈아입은 채 식사준비를 해야 하는 게 힘들어서 맛있는 거 같이 사먹고 들어오면 얼마나 좋을까 하는 생각도 들었던 적이 많았다.

반찬을 많이 차리지 못해도 두 말 않고 수저를 드는 남편을 보면서 '저 이는 그냥 돈 안 드는 집밥이 좋은가보다'라는 오해도 했었다. 그러나 남편은 누군가가 차려주는 따뜻한 밥상이 그리운 사람이었다. 그걸 뒤늦게 알게 되어서 정말 미안했다.

왜 나는 남편이 힘들어 하는 걸 이제야 알았을까, 정말 깊이 반성해 보게 되고 내색하지 않아서 더 미안하다. 결국은 내 일을 하기 위해서 바쁘고 힘들 때 가족의 희생이 따른다.

나는 가족들에게 먹고 싶은 게 있냐고 물어보고 만들어주는 편이다. 그럴 땐 아이들의 의견을 주로 반영하는데 딱히 먹고 싶은 게 떠오르지 않을 때에는 집 안의 이런저런 재료를 활용해 특별한 요리를 선물하곤 한다. 그러면 평범해질 수 있는 식사 시간이 모두의 감탄을 불러일으키는 즐거운 시간이 된다. 이것은 가족이 한 자리에 모이는 식탁을 좀 더 행복하게 만드는 나만의 레시피다.

외식할 때도 먹고 싶은 게 다를 때는 다수결로 정하지만 미리 정하고 나가고 대체로 조율이 잘되는 편이라 나들이 하는 기분으로 나간다. 음식을 먹고 나서는 진풍경이 벌어진다. 서로 계산하겠다는 여느 집과는 달리 우리는 먹고 서로 계산하라고 미룬다. 물론 재미있자고 하는 행동이다. 결국 주로 남편이 사는 편인데 가끔은 아이들이 한턱을 내면 남편과 나는 더 좋아라 한다.

나는 어쩌다 한 번 밥을 산다. 집에서 가족들에게 늘 맛있는 음식을 많이 만들어 주니, 얻어먹을 자격이 충분하다는 게 나만의 이유다. 우리 가족은 이렇게 소소한 일도 즐거운 일로 만들어내는 재주가 있다.

남편하고 나는 어느 날은 참 잘 맞는다 싶다가도 순간, 어쩜 이렇게 안 맞는 사람과 내가 함께 살 수 있지 싶을 정도로 놀란다. 사소한 일로 다투고 말귀를 못 알아들으면 화가 나기도 한다. 때론 다 잘하고도 목소리 높이다 트집 잡고 또 티격태격하기도 한다. 이런 일상이 없으면 얼마나 심심할까 싶고, 이런 게 사람이 사는 보편적인 모습이 아닌가 한다.

젊을 때는 남편이 늘 바빠서 같이 있는 게 익숙하지 않고 하루 종일 집에 있으면 부딪히는 일이 많았다. 요즘은 함께하는 시간이 많아지면서 공감을 더 많이 하게 되고 어느덧 익숙해져서 잘 붙어 다닌다. 함께 하는 시간이 많아지면서 남편이 모임에 나가서 혼자 저녁을 먹게 되면 허전한데 예전에는 어떻게 이런 시간들을 군세게 잘 보내고 살았는지 모르겠다.

결혼에 대한 꿈, 식구가 있었으면 하는 꿈은 누구나 가지고 있는 것 같다. 사십대 중반이 되어도, 오십대 후반으로 들어서도 쓸쓸한 식탁에 앉는 사람은 누구라도 맛있는 음식을 나누는 식구를 원한다.

사십대 중반의 남편 제자는 "사모님이 저 결혼할 때 챙겨주세요" 하며 너스레를 떤다.

작년에 동창회에서 만난 내 친구는 "나 결혼할 때 딸 챙겨주듯이 나도 챙겨줘" 해서 내 마음을 찡하게 만들었다.

혼자 밥 먹는 것이 익숙했던 나도, 혼자 보내는 시간을 선호한다는 요즘 20대도, 와자지껄 떠들며 따뜻한 밥 한그릇을 함께하는 식구와 함께하고 싶은 마음이 늘 있다. 그 어떤 맛있는 음식도 사랑하는 사람과 함께하는 식탁만 못하다는 게 나의 지론이다. 그래서 오늘도 나는 식구를 위해 저녁을 준비한다.

오늘 당신이 먹는 밥이 좋은 사람과 먹는 따뜻한 밥이 되
기를.

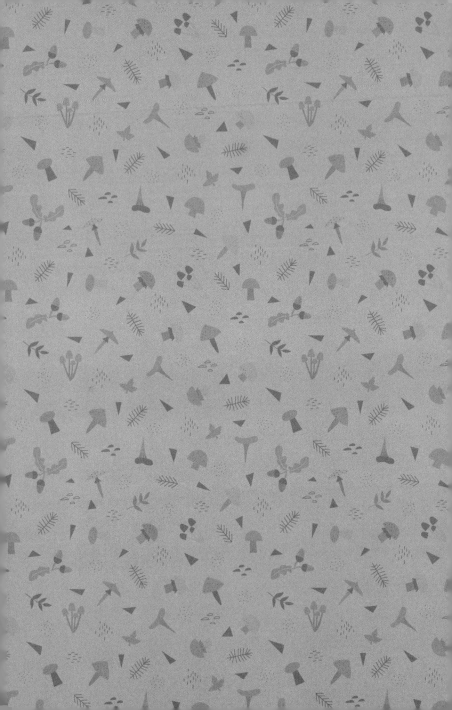

결혼 레시피 6/
식탁 치우기:
함께하기 위해
서로를 배려하다

가깝기에 더
배려해야 하는 부부 사이

요리는 완성이 되어도 결혼생활은 완성되었다 장담할 수 없다. 현재 진행형이기 때문에. 그리고 나쁜 일들을 보내지 못하고 과거가 현재까지 진행형으로 계속 이어진다면 현재도 미래도 행복하지 않을 것이다.

드라마 '공항 가는 길'에 대한 기사를 보면서 기억에 남는 문구가 있다.

"아이들 때문에 사는 결혼은 굴레이나 잘 키운 아이들은 결혼생활을 이어주는 오작교이다."

이 글에 전적으로 공감한다.

결혼은 참으로 많은 이해와 양보를 끝없이 요구한다. 그러나 다 잘 해내지는 못한다. 여기서 아이들이 차지하는 비중은 좋은 면에서 작용될 때는 '이어주는 오작교'가 될 수 있는데 내 경우가 그렇다.

이해는 했지만, 남편은 일과 자기성취를 위해 항상 바빴고, 아이들 통학이나 학원에 데려다 주는 것들은 내 몫이었다. 아무리 바빠도 밥이라는 것을 했으며 빵은 식사로 인정받을 수 없는 간식이었을 뿐이었다. 내 권리보다는 의무만 컸던 그런 시간을 오래도록 보내면서도 아이들과의 행복한 시간은 그런 불만이 마음에 남지 않게 했다. 그래서 나는 바가지라는 것을 긁지도 않았다. 그럴 수록 오히려 아이들과 시간을 많이 갖고 넷이 똘똘 뭉쳤다.

이렇게 지내는 시간이 길었어도 밤늦게라도 남편과 여전히 많은 대화를 했고, 바쁜 이유를 알고 있어서 기다림을 좋아하지 않아도 잘 기다릴 수 있었다. 어쩌면 내가 뭐든 씩씩하게 잘 해내니까 믿는 구석이 있어서 그랬을 수도 있겠다 싶지만 연약한 척하는 것은 예나 지금이나 체질적으로 못하기 때문에 누구를 탓하겠나.

남편이 바쁠수록 내게 주어진 시간이 많아 마음껏 음식을 만들고 나누고 봉사를 하면서 보낼 수 있었으니 오히려 그런 시간을 준 남편이 고마울 때도 있었다.

신혼 때는 남편이 집에 있는 날 많이 다투었으니 오히려 혼자인 게 편하기도 했다. 남편이 외국에 가면 아이들과 신나게 자고 노래부르고 노는 것이 일이었다. 지금도 아이들이 떠올리는 추억 중에 나와 함께 성가책 첫 장부터 노래를 불렀던 일이 있다. 좋아하는 곡은 부르고, 모르거나 좋아하지 않는 곡은 넘기면서 감동적인 가사는 여러 번 읊는 일을 한 적이 있다.

그때는 시간이 많고 무르익은 신앙심 때문이랄까 8개월 동안 성서를 하루에 두 시간 이상 필사를 하여 성서의 3분의 1정도를 쓰는 시간의 십일조를 잘 이행하는 착한 신자이기도 했다. 그 즈음에 묵상집을 썼는데 자비를 들여서 만들어서 많이 만들지는 못하고 지금은 한 권밖에 남아 있지 않다. 나의 힘들 시간의 기록이기도 한 이 묵상집은 지금도 개인적으로 의미가 크다.

원래 교육과정에서 해놓은 성서묵상을 공책에 적어 놓고

남편 친구 부인에게 보여 주었는데 눈물이 난다고 책으로 만들리고 권해서 쓰게 된 책이었다. 〈들꽃 같은 사람이 되고 싶어요〉라는 제목으로 세상에 소개되었는데 지도해주신 교육원장 신부님께서도 좋은 묵상이라고 책으로 잘 만들었다고 칭찬해주셔서 보람된다.

어느 단체에 내가 쓴 묵상집 서른 권을 보냈는데 신앙이 없는 이들인데도 책을 읽고 여백에 연필로 묵상을 하고 지우개로 지우고 다른 사람들과 돌려 보았다는 소식을 들었다. 누군가 내가 쓴 책을 그렇게 유용하게 사용하다니, 마음이 먹먹했다. 그리고 그 경험은 지금 이 책을 쓰게 되는 좋은 동기가 되었다.

아이들 어릴 때 남편이 없을 때 주일에 교육을 받으러 가게 될 때가 있었는데 이렇게 말했다.

"엄마는 하느님의 일을 하기 위해 공부를 하러 가. 엄마가 없어도 엄마가 있다고 생각하고 잘 지내고 있어. 냉장고에 있는 간식 잘 챙겨 먹고, 과자도 먹고, 싸우지 말고 사이좋게 잘 있어야 돼."

대략 이런 내용의 편지를 써놓고 갔는데 해가 져서 오게 되면 병아리들처럼 올망졸망 모여 기다리고 있어서 마음이 아팠다. 그런데도 "엄마가 써놓은 편지를 보니 눈물이 났어요."라고 말하는 아이들을 보면 한없이 고맙기만 했다. 내 입장에서는 어쩌다 한 번 자리를 비우는 것일지라도 아이들한테는 몇 날 몇 일보다 긴 시간일 것이다. 하지만 이 시간을 서로 견디는 것도 중요한 경험이다.

남편이 바쁠 때 아이들과 함께 보낸 시간은 아이들이 자라고 나서도 지금까지도 많은 이야기를 하고 친하게 지낼 수 있어 부러워하는 이들이 많다. 아이들이 크고 나면 대화의 단절이 오는 집도 많다는데 안타깝다. 경험 상, 아이들이 자랄수록 오히려 더 많은 대화가 필요한데 말이다.

아이들이 크고 나서 생긴 서운함은 전에는 무조건 엄마 편이었는데 지금은 잘잘못을 따져 아빠 편을 들며 내가 잘못한 일을 짚어내는 것이다. 뭐 어쩌겠나 싶은 것이 나름대로 소신 있는 판결을 내리는데 빨리 인정하는 수밖에.

그 덕분에 아이들은 아빠하고도 친하게 되었다. 필요에 따라 나를 거치지 않고 아빠한테 바로 말을 해서 오히려 서운할 때도 있지만 마마 걸, 마마보이 보다는 좋은 현상이라 생각되어 욕심을 부리지 않기로 했다. 남편이 애들하고 말 한 내용을 바로 전달해주기도 하고.

내 글을 읽으면서 행복한 척 한다고 생각할 수도 있을 텐데 폭풍 같은 시간도 보냈고 고립무원에 처해 있는 것처럼 암담했던 적도 있었다. 그런데 나는 나쁜 것들을 가슴에 담고 살지 않고 빨리 지워 버렸다. 그렇게 아픈 시간도 아련한 기억 저편에만 남아 있고 좋은 것들이 차곡차곡 담아지고 모여서 특별한 일이 없어도 정말 행복하다.

살면서 힘든 일이 있다고 슬퍼하거나 우울해 한다면 그것은 환경의 지배를 받는 것이고 나는 환경의 지배를 받는 것을 싫어한다.

또 이렇게 살 수 있는 것은 목숨 걸고 낳은 아이들, 이 아이들을 낳기 위해 백 일을 입원했을 때 그 오랜 시간 엄마를 떨어져서 엄마가 보고 싶어도 참으며 외로운 시간을 보냈던 사랑하는 딸. 이 아이가 아빠 손잡고 병원에 왔다가 다시 아빠 손잡고 갈 때 말없이 고개를 돌리고 조금이라도 더 엄마를 보려했던 눈빛을 잊을 수 없다. 이렇게 소중한 것들을 지켜내기 위해서는 나쁜 것을 담고 살면 안 된다고 생각했다.

한 남자와 한 여자가 만나 긴긴 시간을 함께하는 동안 얼마나 많은 사연들이 있었겠으며 이 모두를 보듬어 안고 살았으니 또 얼마나 많은 것들이 쌓였겠는가.

쌍둥이 아들들을 낳고 나서 내가 남편한테 했던 이야기가 있다.

"애가 셋이 되어서 난 이제 선녀처럼 하늘로 날아갈 수도 없으니 나에게 잘 해요."

이십여 년이 흐른 후에나 잘 해주기 시작해서 앞으로 남은 시간 내내 복에 겨운 투정을 하며 옆구리를 찔러서라도 받을 것이다.

함께 살아온다고 해도 시간과 공간적으로 항상 함께 하지 못하는 것이 부부이기도 하다. 보여지는 것보다 보여 지지 않은 그런 데서도 내 남편이 최고라고 생각했으며 옳은 일을 하고 있다고 믿었고 그런 믿음이 있어서 혼자의 시간을 잘 보낼 수 있었다.

일요일에 딸과 사위, 아들과 함께 먹는 밥을 준비하면서 아직 다친 팔이 덜 나아서 남편이 거들어 주고 집도 치워 주면서 둘이서 바쁘게 준비를 했는데 두 끼를 먹고 뭐라도 더 싸주면서 예전의 나를 찾은듯하여 기분이 좋았다. 자식들 먹는 모습만 봐도 배가 부른 것은 물론이고 남편도 그 좋아하는 보리굴비를 껍질을 벗겨서 먹기 좋게 해 놓고 정작 먹지는 않고 맛있게 잘 먹는 사위와 아들을 보면서 좋았다고 했다.

이렇게 존재 자체로도 좋은 것이 가족이고 자식이다.

계획한 대로 되지 않아
더 행복하다

나는 엄마라는 직업을 가졌다. 누군가는 엄마가 저절로 주어지는 자리라고 생각하지만 나는 평생 해고될 걱정 없는 이 직업이 참 좋다.

사실 내가 엄마라는 말을 참 좋아하는 이유가 있다. 나는 엄마 이 단어를 듣기 위해 남들보다 더 노력했기 때문이다.

대학교를 졸업하고 이틀 후 약혼식을 하고 두 달 후 결혼식을 했지만 그 시절 치고는 그렇게 빠른 것은 아니었다. 아무튼 결혼을 하고 5개월 쯤 지나도 임신이 되지 않아 아무 산

부인과에 들어가서 아이가 생기지 않는다고 혹시 불임이 아닌가 물었더니 그 선생님은 진료도 안 해주고 가서 기다려보라고 했다.

그 후 얼마 지나지 않아 임신을 했는데 자연유산이 되었다. 그때 남편이 지방에 있었는데 너무나 마음이 아파서 펑펑 울었다. 지금 글을 쓰면서 생각해도 눈물이 나는데, 그때 미역국을 먹으면 다음 아기가 늦게 생긴다고 하여 먹지 않았다.

그렇게 아픈 일을 겪고 나서 다시 아기를 갖게 되었고 아기를 갖는다는 것은 축복이라는 말을 실감했다. 내 몸에 아이가 함께한다는 그 자체가 좋았다. 초기에는 입덧을 했지만 그래도 먹고 싶은 건 다 먹었으니 참 수월하게 지나갔다.

친정 엄마가 먹고 싶은 거 만들어 주러 왔었을 때 고등학교 다닐 때 먹던 도시락이 생각났는데 그때처럼 돼지고기에 양파를 넣고 기름지게 만든 김치찌개를 병에 담고 밥은 도시락에 담아서 식탁에서 무척 맛있게 먹었다. 이처럼 엄마가 만들어준 음식은 나이를 먹어서도 그립다.

딸을 낳고 바로 아기를 갖고 싶었는데 일 년 정도 기다리다 아기가 생기지 않아서 불임클리닉을 다녔는데 2남 2녀를 갖고 싶은, 아이에 대한 욕심이 컸기 때문이다. 불임클리닉을 다니는 사람들은 갖가지, 그 중 아픈 사연이 더 많지만 그런 사연들을 갖고 있다.

나는 3년 정도 다니다가 지쳐서 쉬는 석 달 째에 임신을 했는데 임신을 알고 나서 기쁨의 눈물을 쏟았다. 이렇게 어렵게 가진 아이가 유산기가 있어서 병원에 입원하여 관리를 받으면서 백일을 누워 있다 8개월 3일 만에 쌍둥이를 낳았다.

링거로 조절이 되지 않아 중환자실에 들어가서 산소호흡기로 숨을 쉬는 절박함도 있었는데 만약 수술 들어가서 아이를 지우게 되면 나를 마취에서 깨우지 말라는 말까지 했었다. 또 백 일 동안 컹컹 울리는 예사롭지 않은 기침을 심하게 하기도 했는데 이렇게 어려운 고비를 넘기면서 뱃속에서 하루하루 아이를 키워가는 그 시간마저도 기쁘고 행복하게 보냈다.

이 아이들을 지켜낼 수 있다면 무엇이든 할 수 있었고 그 와중에도 이 시간을 잘 보내야 아이들에게 좋은 성격을 물려줄 수 있다는 생각을 가졌다. 나는 이렇게 누워서도 잘 지내고 있었지만, 오랜 시간 입원해 있는 동안 엄마 손이 필요한 어린 딸이 그렁그렁한 눈망울로 나를 바라보던 모습이 지금까지도 눈에 선하다.

남편은 학교에 갈 때 아이를 데리고 가고 대부분 밥을 사 먹었으니 그야말로 '엄마 없는 하늘아래'였다. 그래도 올 때마다 맛있는 것을 잔뜩 사다주어 창문 쪽에 놓고 블라인드를 쳐놓았는데 꼭 슈퍼마켓을 옮겨 온 것 같다고 선생님들이 놀라워하였다.

이렇게 어렵게 아이를 가졌고 아들 쌍둥이를 낳았다. 쌍둥이를 낳고, 바로 산부인과 의료진에 떡을 돌리고 아이들 백일에도 그랬더니 우리 집이 떡집을 하는 줄 아셨단다. 외래진료 후 인사를 갔더니 나와 친한 선생님께서 "쌍둥이를 무사히 낳은 것은 산부인과 역사상의 기적이고 아이들이 잘 자라는 것은 의사로서의 희망이다" "아이를 무사히 지켜낸 것은 주사약의 힘이 아니라 유정림 씨의 의지력이었다"라고까지 말씀해주셨다.

이런 과정을 거치다보니 일반인들보다는 임신과 불임에 대해 아는 게 이론적으로 많아져서 필요한 이들에게는 도움말도 잘 해 준다. 사실, 종갓집 맏며느리라는 책임감이 있어 꼭 아들을 낳고 싶었고, 그래서 삼 년을 체질을 바꾸느라 김치와 야채 종류 중심으로 먹었고 한약을 먹으면서 몸을 만들었다.

무엇이든 노력이라는 과정 없이는 좋은 결과는 없지만 생명의 잉태는 더욱 그렇다. 우리 부부의 희망사항, 2남 2녀를 갖고 싶은 목표에는 미달했지만 1녀 2남을 두었으니 어느 정도는 성공인데, 돈 많은 사람은 부럽지 않지만 셋 이상의 아이 많이 가진 가정을 보면 참 부럽다.

아이를 낳으면 엄마가 되지만 엄마는 그냥 되는 것이 아니다. 임신 전 엄마가 될 준비, 마음과 몸의 준비를 하여야 한다. 태내의 심리적·환경적 요소가 태아에 미치는 영향력이 절대적으로 크다고 믿기 때문이다. 임신을 하고 임신기간 내내 엄마아빠가 기뻐하고 행복해 하는데 어떻게 나쁜 성격을 가진 아이가 태어나겠는가?

혹여 본인의 성질이 좋지 않다고 생각한다면 그대의 엄마한테 살짝 물어 보라. 나를 가졌을 때 어떤 환경이었냐고. 아이의 성질이 문제적 요소를 많이 갖고 있다면 임신했을 때 엄마가 스트레스를 받거나 좋지 않은 환경에 있었을 가능성이 있다.

그러나 혹시 우리 아이가 이런 상황이라고 포기할 일은 아니다. 노력이 필요하기는 하지만 좋은 성격을 가진 사람으로 바꾸어 나갈 수 있다. 나도 그리 성격이 좋은 편은 아니기에 나에 대해 정확히 인지하고 많은 노력을 하였고 지금도 하고 있다.

나는 엄마라는 직업을 가졌고 언제나 이 직업이 참 좋다. 남편도 내가 아내의 자리에서 함께하고 있다는 안도감 때문인지 식지 않은 열정으로 엄마의 자리를 지키는 것을 대단하다 칭찬해주고 좋아하고 응원해준다. 우리는 아이들이 선한 영향력을 끼치는 사람이 되기를 원했는데, 지금까지는 그렇게 자랐다고 생각하여 특별한 것이 아닌데도 한 얘기 하고 또 하면서 행복해 한다.

아이를 키우면서, 아이들이 커갈수록 항상 아이들에게 마음을 보이고 소통하고 화해할 수 있는 시간을 만들어야 한다.

잘난 아이를 만들려고 너무 많은 것을 시키지 말라고 조심스레 말하고 싶다. 그 나이에 맞는 생각을 하고 놀 줄 알고 이런 녀석, 저런 녀석과도 어울릴 줄 알면서 더불어 사는 법을 배우는 것이 훨씬 중요하다. 사람끼리 살을 부비며 살아가는 것은 이 시기를 지나면 배울 수 없다. 특히 인성 만들기라는 눈에 보이지 않는 공부는 절대 거짓이 없다. 좋은 학교에 들어가기만 하면 다 끝이라 생각한다면 그것은 큰 착각이다. 아이들을 존중하여 그 나이에 맞게 희로애락의 기본적인 감정을 갖고 살게 한다면 그 가정은, 가족은 함께 행복할 것이다.

젊고 날씬하고 예쁜 엄마에서 뚱뚱하고 못생겨졌지만 지금의 내 모습이 좋다. 아이들 없이 젊은 모습을 유지한다면 무슨 의미가 있겠나 싶다. 아들 녀석이 십 킬로만 빼라고 하지만 그건 희망사항이고, 내 모습이 이렇게 바뀌었어도 아이들이 어떻게 클지에 대해 보이지 않는 불확실한 미래보다 보여 지는 지금이 너무나 좋다. 하나 아닌 셋을 둔 우리는 숫자의 의미와는 비교가 되지 않는 행복함으로 듬뿍 채우고 살고 있다. 늘 아이들이 많을수록 좋다는 이야기와 함께.

누구나 시간의 흐름만큼 나이를 먹는다. 나이를 먹는다는 것은 무엇인가를 먹고 살았다는 뜻도 들어 있다. 밥을 먹고, 추억을, 그리움을, 사랑을, 갈등을, 화해를, 의욕을, 좌절을, 위로를 차곡차곡 쌓인 것들을 정리하고 비워내며 또 채우고 살아가는 것이기도 하다.

이렇게 살아가며 만들어진 소중한 시간들을 하나씩 하나씩 담아 수많은 모양으로 삶을 플레이팅 하면서, 어떻게 하는 게 남편과 아이들을 더 돋보이게 만들 수 있는 지에 대해 사랑을 담은 고민해가며 엄마의 자리를 죽을 때까지 지키며 살 것이다.

끊임없이
대화거리를 찾는다

많은 대화를 하는 부부는 소중한 사람끼리 인정받고 있는 데 대한 자신감으로 타인에 대해서도 여유로움을 가질 수 있다. 반면에 대화가 없는 부부는 부부뿐만 아니라 자녀들과도 사이가 멀어져서 외로워지고, 이런 외로움은 타인에 대해서도 너그럽지 않게 만든다.

결혼생활은 좋을 때도 나쁠 때도 얼굴을 보며 살아가야 하는, 현재 진행형이다. 때문에 대화가 무엇보다 중요하다. 마음에 아무리 많은 것을 담고 있어도 표현해 내지 않는다면 어떻게 알 수 있을 것인가?

투박하게 보여 지더라도 자꾸 마음을 보이는 연습을 하고 서로의 마음을 보고, 눈을 뜨게 되는 대화를 하고 가급적 칭찬의 말을 많이 하자. 또한 좋은 말은 하면 할수록 는다.

결혼 생활의 햇수가 제법 되는 지금도 우리 부부는 대화를 많이 하는데, 별일없이 하루하루를 보내는데도 화제꺼리는 무궁무진하다.

신혼 초에는 둘의 이야기를, 아이를 낳고서는 둘의 이야기 플러스 아이들의 이야기로 할 말이 늘어가고 아이들이 자라면서 아이들이 주는 기쁨과 행복감에 젖은 이야기를 하거나 아이들의 앞으로의 일들에 대한 의논을 한다. 그리고 결론은 항상 하나다. 우리 아이들은 잘 될 거라는 희망찬 이야기.

부부의 대화는 하면 할수록 늘어가는 것이고 그냥 혼자만의 생각으로 넘기면 대화가 없어지게 되고 대화가 없어지면 갈등의 골이 깊어진다.

결혼을 하고서 초반에 말 없는 집의 적막함을 너무나 가슴 깊이 느꼈던 나는, 가족이 함께 있는 시간의 침묵과 외로움을 다신 만나고 싶지 않다.

예측하지 못한 어려움에 당면했을 때에도 가족, 아니 밥을 같이 먹는 식구와 머리 맞대고 의논을 하면 이성적인 해결책을 얻을 수 있다.

우리 부부는 일상적인 일에 대해서 여전히 많은 대화하기를 즐긴다. 요즘은 주로 경강선 이야기를 하는데 하고 또 해도 좋기만 하다. 아마 같은 환경에 살고 있고, 함께 공유한 시간과 추억이 깊기 때문이리라.

나갔다 들어오면 밖에서 만난 사람들과의 이야기에 내가 했던 생각까지 이야기를 하고 또 하며 즐거워한다. 경강선을 타고 나들이 갔다 온 이야기를 하다 보면 환승을 세 번 하면서 오래 앉아서 가는 것보다 걸어가면서 운동도 하게 되어 좋다고 하면 들어주면서 그렇게 생각하는 네 생각이 좋다고 칭찬도 해주고 맞장구도 쳐준다.

사실, 같은 일도 생각에 따라 다르다. 처음에 경강선이 생기고 나서 좋기만 했는데 지금은 오히려 여유가 없어진 느낌이다. 15~20분의 배차 간격이 제법 커서 바로 타지 못하고 놓칠까봐 무조건 뛰게 된다. 집에서 출발하면서부터 마음이 조급해져서, 어떤 날은 앞의 차들의 움직임에 예민해지기까지 한다. 그래서 버스를 타고. 디닐 때보다 시간이 반 이상 줄어 늘었음에도 느긋함이 실종되었다는 생각이 허탈함을 가끔 느낀다.

버스의 막히는 시간까지 감안하여 넉넉히 시간을 잡고 나오던 예전의 평정심을 찾아야 경강선을 처음 탔을 때 기차여행을 하는듯한 행복감을 다시 느낄 수 있겠다.

지금도 짧은 코스는 버스를 타는데 버스에서 내릴 준비를 하고 일어나서 손잡이를 꽉 잡고 있어도 몸이 앞뒤로 쏠리고 더 심할 때는 몸이 튕겨 나가기까지 한다. 운전 하시는 분들의 고충을 모르는 것은 아니지만, 경강선을 타고부터는 이런 일이 없으니 내 몸이 귀한 대접을 받는다.

오늘은 여유 있게 차를 기다렸다 탔는데 모처럼 늘 앉던 자리가 아닌 반대 방향에 앉아 밖을 내다보니 새로운 풍경인데 앉아있는 사람들의 시선도 나처럼 바깥풍경을 보고 있는 게 눈에 들어온다.

그동안 교통편의 선택이 없는 삶을 살다가 경강선이 생겼고 앞으로 강원도까지 연결되면 문명과 문화의 사각지대에 살고 있는 우리 집 식구들도 삶의 질이 달라질 것이다. 이처럼 대다수의 사람들이 좋아하지만 한편으로는 편리함 가운데 누군가는 직업을 잃는 분들이 많아질까 봐 걱정이 된다.

너무나 소소한 이야기로 느껴지겠디만 우리 부부는 이런 이야기를 나누며 행복한 시간을 보낸다. 젊을 때는 없었던 여유로움이다.

우리는 제주도에 여행을 가게 되면 차를 빌려서 타고 다니지 차를 배에 태워 갖고 가지는 않는 편이고, 기차 여행을 하는 경우에도 내려서 대중교통이나 택시를 타고 이동한다. 그런데 내가 이렇게 움직인다고 하면 꼭 "남편이 운전하는 걸 귀찮아 하나보네"하며 비꼬듯 말하는 사람이 있다.

뭐든 좋게 표현하지 않고 콕콕 나쁘게 말하는 사람을 보면 대화를 나누고 싶은 마음이 싹 사라진다. 우리 가족도 한때는 그런 적이 있었다. 서로 상처주는 말만 하는. 지금은 그렇지 않다.

오래전, 성당에서 나를 볼 때마다 딱 한마디만 하는 사람이 있었다. 나를 볼 때마다 호들갑스럽게 "왜 그렇게 살이 쪘어?"라고만 했다. 아마도 꽤 여러 해 동안은 그렇게 말했었나 보다. 그런데 몇 년 만에 우연히 동네 시장에서 마주쳤는데 똑같은 말을 하는 것이다.

이미 근 십 년간 그런 말을 해서 기분이 나빴고 좋은 감정이 있지 않아서 "그러는 자기는 왜 그렇게 늙었어요?" 라고 쏘아붙이고 말았다. 그러고 나서 아는 사람한테 그 이야기를 했더니 그 사람이 자궁암 말기라고 했다. 그 말을 듣고 얼마 지나지 않아 돌아가셨다는 소식을 듣고 아픈 사람한테 그렇게 말 한 것에 대해 참 많이 후회를 했다.

물론 아픈지도 모르고 듣다듣다 더는 못 참겠다 싶어 딱 한번 반격의 말을 했는데 그렇게 아주 가버리니 지금까지도 마음이 좋지 않다. 그래서 말은 참 중요하다.

우리 딸이 유치원에 다닐 때 친했던 엄마들이 있었는데, 애들 유치원에 보내고 나서 우리 집에 밥이 있다고 들러서 아침밥을 먹고 놀다가곤 했다.

그때는 쌍둥이가 갓난아기였고 도우미 아줌마가 출근해서 각 아이를 한명씩 보고 또 집안일을 해줘야 했는데 누가 놀러오면 일을 하지 않고 일이 밀리게 되어 내가 너무 힘들었다. 그러다가 유치원 갔다 온 아이들을 우리 집에 맡겨 놓고 자기들은 장을 보러 가기도 했다. 참다가 애들 못 봐준다고 데려가라고 말하고 나서야 끝날 수 있었다. 알아서 하겠거니

기다려도 소용이 없었던 것이었지만 나라면 쌍둥이 키우느라 잠도 못자고 사는 집에 와서 밥을 먹고 가지도 아이들 맡겨 놓고 일 보러 나가지도 않았을 것이다.

물론 사람이 나빠서 그런 것은 아니었을 것이고 내가 싫었다면 우리 집에 놀러오지는 않았을 것이다. 그러나 상대에 대한 배려가 없었던 것은 맞다.

대개의 사람들은 거절을 하고나면 그동안 해주었던 데 대한 고마움까지도 잊어버린다.

입장 바꿔 생각하기는 누구든 적용을 할 수 있는데 그렇게 하지 않는 사람들이 더 많다. 그 일을 계기로 알아서 하겠거니 하는 생각을 하지 않고 거절을 하는 지혜가 필요하다는 것을 배웠다.

경강선을 타면서 남편과 나는 여전히 좋아하고 신나게 생각할 것이고 행복해 할 것이다. 경강선은 강남의 요지에 살고 있는 남편의 친구들에게도 화제의 대상이 되고 편리하다는 의견이 많다. 이런 부분에 대해서 굳이 별거 아닌 양 말하는 사람을 보면 그 사람의 내면이 보이는데 그런 사람을 열등감이 많은 사람이라고 생각해버리기로 했다. 물론 같은 일에도 다 똑같은 생각을 할 수는 없지만 나는 보편적 공감과 사고를 하는 사람이 여전히 좋다.

결혼 생활을 무사히 잘 하고 있는 사람들에게는 그윽한 여유로움이 묻어나고 희로애락을 함께 한 전우애부터 험한 세상을 손잡고 살아온 데 대한 진한 내음도 배어 있어 알아볼 수 있다.

우리는 앞으로도 지금처럼 매일 저녁마다 오늘의 이야기를 하는, 그런 부부로 살고 있을 것이다.

마음을 다스리며
함께 한다

　나는 요리를 즐겨 하는 편이라 요리 실력이 좋다. 그런데 항상 하던 일이라며 준비를 조금 소홀히 하면 여지없이 실수를 해서 망치고 만다. 또 새로운 레시피를 갖고 만들 때는 더 신중하게 된다. 결혼도 나름대로의 자기 기준에 맞는 사람과 결혼을 해서 살다가 이제 잘 맞는다 싶다가도 사소한 일로 갈등을 빚는다. 그럴 때면 그동안 익숙하게 잘 차려내던 삶의 식탁도 계획한 것처럼 멋지고 폼 나게 차려낼 수 없다.

　맛있는 음식을 정성스럽게 차려놓아도 사소한 일로 이 식탁에서 다투기도 하는데 그럴 때는 서로의 바이오리듬이 내리막이거나 어긋날 때라 생각하면 위로가 된다.

가끔은 억울하기도 하지만 내가 삶을 데코레이션한 것을 훼손시킬 수 없어서 눈물을 머금고 참기도 한다. 좋을 때는 큰일도 잘 넘어가다가 작은 일에 충동을 하는 것은 주로 마음이나 몸의 컨디션이 좋지 않을 때여서 잠시 말을 삼키고 넘기고 보는 게 상책이라 생각하는 지혜도 생겼다.

한숨 참고 나서 시간을 두고 자신의 상황을 진솔하게 말하면서 미처 몰랐던 것도 알게 되어 서로에 대해 마음 깊이 이해하게 된다. 이렇게 되면 금상첨화이고 일석이조다. 오히려 전보다 더 좋은 사이가 되니 복권에 당첨된 것처럼 기분이 좋다.

이 좋은 기회를 참지 못하고 날려 버려 더 멀어지게 되면 회복하기 어려워서 후회하게 된다. 고비를 잘 넘기지 못하면 틈이 조금씩 벌어지며 나쁜 감정이 쌓이게 되는데 부부의 문제를 잘 풀어내면 대인관계에도 도움이 된다.

정말 참을 수 없을 만큼 감정이 상했을 경우에, 한 성질 하지 않는 사람이 어디 있겠냐마는, 애써 가꾼 가족이라는 내 식탁을 내 손으로 스스로 망쳐버릴 수는 없다는 생각에 화를 꿀꺽 삼킨다. 그렇게 고비를 넘기고 나면 잘 했다 싶고 이 선택은 후회하지 않게 한다.

이렇게 결혼은 항상 좋은 것만을 주지는 않지만 삶의 이성적 판단, 지혜를 준다.

결혼생활에서 인생을 배우고 인내를 배운다면 거창한 표현일지는 몰라도, 결혼생활을 잘 하고 있는 사람에게는 인간관계에 대한 자신감이 묻어난다. 상대 못할 사람이 없고 이겨내지 못할 일이 없다는 자신감 말이다.

상대방 때문에 감정이 상해도 삶의 밸런스 유지를 잘 하는 것이 한편으로는 바보스럽지만, 이기고 지고보다 앞으로도 이 사람과 살아가야 할 긴 인생길을 생각한다면 현명하다 말하는 것이 맞겠다.

마음을 다스리지 못해 처박아 버린다면 돌이킬 수 없을 것이고 뼈저린 후회를 할 것이라 가급적 빨리 마음을 다 잡을 필요가 있다. 따지고 싶은 것도 꾹 참고.

경험한 사람들은 잘 알 것이다. 잘못한 사람이 미안해서 잘 해줄 때 따지지 말고 이기려 하지 말고 잘 받을 수 있어야 한다.

부부의 다툼은 오래전부터 맞지 않은 게 서로의 힘듦과 겹치면 참다못해 터지게 되는 것이다. 그렇기에 지혜롭게 피해 가야 한다.

결혼생활을 어떻게 데코레이션하고 사는가는 타인은 잘 알 수 없지만 밖에서 하는 행동을 보면 짐작할 수 있다. 보편적이지 않은 사람은 아무리 자랑을 해대도 식탁에서 행복하지 않은 모습이 훤히 드러난다.

사람을 만나다 보면 여러 유형의 사람을 만나게 되는데 같은 말이라도 부정적으로 보고 삐딱하게 말하고 베베 꼬거나 빈정거리는 등, 특이한 성향을 가진 사람이 있다. 그 사람이 아무리 많은 것을 가졌어도 속으로는 그 사람을 좋아하지 않게 된다. 그런 사람은 아무리 많은 부를 가지고 있더라도 불행한 사람이다.

내가 차려 낸 식탁이 내 남편과 아이들이 어떻게 사회라는 세상과 만나게 하는지 소명의식을 가질 필요가 있다.

가족이라는 식탁, 그 위의 삶은 아내와 남편이 함께 차려 내는 것이다. 밥하는 일, 집안일을 하는 것에 대한 주부로서의 인정과 대접은 고스란히 가족에게 되돌아온다. 그렇기 때문에 함께 가정주부 역시 사회생활을 하는 것이라고도 말할 수 있다.

부끄럽지만 기분 좋게 준비를 해놓고 사소한 일에 마음이 상할 때가 있다. 이럴 때는 아이들까지 합류해서 나를 공격하는데 그럴 때는 가만있으라고 한다. 그냥 두면 내가 뭘 잘못했는지를 알게 되지만 안 좋은 말을 들으면 자존감까지 없어진다. 나는 남편이나 아이들한테 실수를 하면 비교적 빨리 인정하는 편인데 인정하지 않고 버틸수록 나중에 창피하고 또 다툼이 생기기도 해서 그렇다.

나는 날씨의 영향을 많이 받는데 맑은 날보다 흐린 날은 우울해지고 몸이 아파서 기분이 안 좋아지곤 한다. 말하자면 기분이 내리막을 타게 된다. 가끔은 매일 하는 밥이 하기 싫고 지겨울 때도 있고 가끔은 손가락하나 까딱하기 싫고 아무것도 하기 싫을 때도 있지만 상황이 일을 놓게 하지 않을 때가 주로 그렇다.

뭐라고 설명할 수 없는 그런 상황이 있다. 그런데 재미있는 것은 우리 또래의 엄마들은 나의 이런 현상에 서로 공감하고 동지 의식을 느낀다. 몸이 갱년기를 맞이해도 마음까지 그런 몸의 변화에 온전히 내어줄 수만은 없는 것이 엄마다. 그래서 빨리 털고 일어나 가족이라는 세상에서 얼른 제 자리를 찾는다.

그러나 몸이 좋지 않아서 한 행동이, 마음까지 오해를 받는 일이 생기면 반드시 가족에게 설명하고 이해시킨다. 그냥 넘어가면 서로에게 상처로 남기 때문이다. 내가 소중하게 지키고 싶은 것에 대한, 아내로서 엄마로서 맛있는 식탁을 차려 내기 위한 것에 대한 오해를 받는 것은 참을 수 없다.

컨디션이 나쁠 때는 음식이 짜게 된다. 짠 것을 싫어하는 남편도 잘 맞춰주는데 음식을 먹을 때의 융통성, 짜면 물을 붓고 싱거우면 소금을 넣는 이런 작은 일을 해낼 수 있다면 쓸데없는 일로 다투지 않게 된다. 이것 역시 우리 가족의 지혜라 볼 수 있겠다. 밥상에서의 잔소리는 결코 서로에게 유익하지 않다는 것을 암묵적으로 알고 있는 것이다.

나는 종종 그리 잘 나지도 않았으면서 자신감이 있어 보인다는 말을 듣는다. 가족이 재산이고 나를 무장하게 해주는 강력한 무기이기에 그런 것 같다. 그래서 나에게 가족이 함께 하는 한 이 자신감은 없어지지 않고 더 강해질 것이다.

이 가정을 지키는 것은 누구 하나의 힘으로는 되지 않는다. 그런데 어떤 사람들은 남과 비교하여 자기 가족을 원망하는 어리석음을 보이기도 한다. 사람마다 다 입장과 상황이 다르지만 중요한 것은 얼마나 내 자리에서 소명의식을 갖고 사느냐는 것이다.

부부간이든 자녀들이든 거저 받는 것은 없다. 그래서 받은 것에 대해서도 남과 비교하지 말고 진심으로 귀하에 받아들이며 내 몫을 해내겠다는 마음이 중요하다. 그러면 가족이 함께하는 자리가 늘 행복으로 가득 채워진다.

내가 해줄 수 있는 일이 있을 때, 해줄 수 있는 가족이라는 대상이 있을 때 그 자체로도 행복하다는 것을 모르는 사람은 없겠지만 잊지 말아야 한다.

아이들의 삶을
준비시키다

　요리에 있어서의 데코레이션은 음식 색의 조화에 있다. 음식의 맛은 기본이고 음식과 어울리는 그릇, 다양한 소품을 사용하면 멋스러움까지 더해져 더 맛있게 먹을 수 있다. 눈이 즐거운 것은 덤이다. 이 과정에서 가장 중요한 것은 요리와 데코레이션의 어울림이다.

　요리에서 데코레이션이 가치를 높여주는 것처럼 우리 아이들은 어떻게 삶의 데코레이션을 해주어야 할까 고민을 많이 했다.

　그 첫 번째는 서로 의지할 수 있도록 형제를 많이 두자는 것이었다. 형제 간에 어울려 살아가게 하고 싶어서 아이를 가지기 위해 노력했고, 어떻게 키워야지 하는 자녀교육에 대한 철학을 세웠다.

부모는 아이를 낳아줄 수 있지만 세상을 대신 살아줄 수는 없다. 그래서 삶의 준비물을 잘 챙길 수 있도록 지켜보면서 나서서 해주고 싶은 것을 참았고, 나보다 나은 사람이 되기를 바라는 마음으로 기다렸다. 이 가득했기에 절제하는 사랑을 할 수 있었다. 이렇게 하니 아이들 스스로 나이에 맞게, 상황에 맞게 각각 삶의 주인공의 자리를 만들어 가게 되었다.

나는 첫 딸을 낳고 어디서나 초보 엄마 티를 줄줄 냈다. 아기싸개도 어설프게 싸서 안다가 싸개가 풀어지고 다리 사이로 빠트릴 뻔 하고, 아무튼 그저 모든 것이 어설프기만 했다. 그렇지만 모성애는 강하기에 당연히 지극 정성으로 키웠다. 강한 목표가 있는 만큼 이유식 만드는 법, 육아법도 금방 익혀서 걱정하던 엄마한테 금세 아이 잘 키운다는 소리를 들었다.

아이가 자라면서 아이의 성격과 재능에 대한 파악까지 하게 되었다. 무엇보다도 감사한 것은 선한 인성의 좋은 유전자를 타고난 것이었다.

우리 딸은 좋은 말은 스폰지같이 잘 받아들이고 새겨듣는다. 누군가를 말이든 행동으로든 먼저 공격하는 일이 없는 그런 아이였고 그렇게 자라주었다. 이렇게 착한 아이도 고집은 황소고집이어서 어릴 때 일부러 무식할 정도로 엄하게 꺾고 나니 바뀌었다. 어릴 때부터 올바른 아이로 자랄 수 있도록 하고나면 부모로서 더 할 일이 없다는 것이 나의 교육 방침이다. 이것이 바로 조기 인성 교육이 아닐까.

인성 교육에 대해 나름대로 확고한 교육관이 있는 이유는 고등학교 즈음 내가 엄마 아버지의 좋지 않은 성격을 많이 닮아 있다는 것을 스스로 깨달은 경험이 있기 때문이다. 실제로 우리 형제는 성격이 별나다. 또 우리 엄마는 자식 중 나에게 유독 엄청난 사랑을 퍼부어서 혜택을 많이 받았지만, 대화를 통한 교육이 아닌 내 생각을 무시해버리고 엄마 마음대로 하고 지배하려는 경향이 강했다.

잘못을 하게 되면 예전의, 더 예전의 일까지도 끄집어내고 자존심을 밟고 상처를 주었다. 물론 엄마가 그렇게 상처를 줄 작정을 하고 그런 것이 아닐지라도 듣는 나는 상처를 받았다. 가까운 사람들에게서 받는 상처는 더 크다. 지금까지도 나는 엄마의 말에 의해 받은 내상을 가지고 있다고 생각한다.

내가 결혼을 하고 아이들을 키울 때도 엄마는 나를 믿지 못했는지, 끝없이 엄마의 생각을 엄마가 된 나에게 주입시키려 했다. 자식에 대한 사랑이 과하게 차고 넘쳐 생긴 오류였던 셈이다. 참고로 친정 엄마는 지금까지도 내게 아무나 해줄 수 없는 그런 사랑을 마르지 않는 샘물처럼 내어준다.

이렇게 무한한 사랑을 받고 자란 내가, 아이를 낳기 전부터 무조건 퍼 주기만 하는 사랑이 아닌 어떻게 키우겠다는 확고함이 생긴 이유가 있다. 나처럼 부모의 관심과 사랑을 독차지하고 자란 아이의 성격을 너무나 잘 알기 때문이다. 나는 보편적이지 않은 별난 성격을 바꾸기 위해 스스로 무척 노력을 했다. 내 엄마는 문제 아닌 것을 자꾸 들춰내어서 나를 문제아로 만들어 버렸기에 억울하기도 했었다.

아직도 잊혀지지 않는 일이 있다. 초등학교 2학년 때쯤 버스를 여러 번 갈아타고 엄마 심부름을 하고 오니 여동생이 놀다가 교통사고가 났다. 걱정되어 동생을 쳐다보고 있는데 예전에 내가 동생을 때려서 애가 다친 적이 있다며 나를 막 때리기 시작했다. 아무리 걱정이 되어도 나한테 화풀이 하는 엄마를 그때도, 지금도 이해할 수가 없다.

고등학교 때에는 우유가 정말 먹기 싫어서 안 먹겠다고 하니까 아버지한테 일러서 큰소리를 들으며 억지로 먹은 적도 있다. 화가 난 나는 아버지가 나가고 우유를 통째로 속치마에 부어버렸다가 혼자 울면서 화장실에 가서 빨았다.

그때는 사춘기의 절정이라 먹기 싫으면 먹는 척도 하기 싫었다. 고지식한 면에서는 둘째가라면 서러울 우리 아버지와는 제대로 된 대화를 거의 하지 못했고 엄마가 아버지 퇴근 후 일러바쳐서 야단만 맞아서 가까워지기 어려웠는데 이런 여러 가지 이유로 내 자식들에게는 이렇게 키우지 말아야지 다짐하는 계기가 되었다.

무엇보다 갈등의 절정은 내가 쌍둥이를 키울 때였다. 툭하면 엄마는 전화를 해서 한 명만 보내라고 하고 나는 둘 다 데려가지 않으면 못 보낸다고 했다. 엄마가 둘 다 데려가지 못할 것을 알기에 거절을 했는데 나에게는 내 아이들을 내손으로 키워야 할 충분한 이유가 있었다. 내 아이들을 나 같은 사람으로밖에 키우지 못한 울 엄마한테는 절대로 맡길 수 없었고 나와는 교육관 자체가 달랐기 때문이다.

사실 엄마와 관계에서 억울한 일도 많았다. 서로 다름을 이해하지 않아 벌어지는 일이 많았지만, 일상에 치여 있던 나는 좀 더 넓은 마음으로 포용할 여유가 없었던 것 같다.

한 번은 이런 일이 있었다. 아이들이 어릴 때 엄마는 매번 요구르트를 묶음으로 사와서 한꺼번에 먹게 했다. 나는 그렇게 아이들을 가르치지 않았기에 엄마에게 타박을 주었다. 엄마는 아이들이 내 눈치를 보느라 먹고 싶은 것도 마음껏 못 먹는다며 없는 말을 지어냈다. 아이들이 어릴 때부터 있는 대로 다 먹어버리지 않고 조금씩 나눠서 먹을 수 있도록 하고 싶었던 것이었는데 엄마는 나의 육아법을 이해하지 못했다.

이런 일들이 다른 사람이 볼 때는 아무 것도 아닐 수도 있을 것인데 나는 내 엄마가 나를 믿고 내 아이들 키우는 문제만큼은 관여하지 않기를 바라고 바랐다. 이렇게 엄마와 부딪히며 아이들을 다 키우고 나니 형제 중 우리 집 아이들이 제일 번듯하다. 객관적인 현실을 보고 나니 엄마도 이제는 아무 말 못하신다.

나는 아이들에게 제대로 해준 것은 없지만 일방적인 엄마의 언어로 아이들이 말하고 생각하는 것을 막지는 않았다. 아이들의 삶을 대신 살아줄 수도 없지만 좋은 세상에서 아이들이 직접 자기들의 삶을 설계하고 더 나아가서는 멋지게 데코레이션 하기를 바라는 마음을 가득 담고 드러내지 않고 있어도 아이들은 엄마의 마음은 알아준다.

아이들이 삶을 멋지게 데코레이션하려면 모임의 주제에 대해 알아야 하고, 음식과 그릇의 조화처럼 사람과의 관계성의 조화도 필요하다. 이 모든 것을 적절히 분배하여 분위기를 파악하고 조화를 이루면서 삶을 멋지게 데코레이션 하기를 바란다.

나는 엄마를 무척 사랑하지만, 한편으로는 엄마를 통해 내가 가족을 지키면서 해야할 것, 절대 하지 말아야 할 것을 배운 것 같다.

특히 아이를 키우는 데 있어서는 내 엄마를 보면서 사랑이란 당신의 한풀이 대상으로 무조건 주는 것만이 아닌 배려가 따라야 된다는 것을 깊이 깨닫게 되었다. 이 한 가지 빼고는 우리 엄마는 위인전에 나오는 위인보다 더 훌륭한 삶을 살았다고 말할 수 있다.

　어떤 상황에서도 긍정적인 마인드로 결혼생활을 해내고 있는 것을 보면 알 수 있다. 그런 면에서 나는 엄마의 삶의 증거이기도 하다.

　내 아이들은 마음속 사랑을 가득 담고 바라보고 때로는 넘어져도 자신의 삶을 잘 살아나기를 믿고 기다려줄 것이다.

　요리의 완성은 멋진, 아니 때와 장소에 맞는 데코레이션이 아닐까?

식탁을
정리하며

　요리를 할 때 중요한 것은 손질해 놓은 재료를 넣는 순서
와 불 조절이라고 할 수 있다. 재료의 특성에 대한 파악을 먼
저 하면 이해가 쉬운데 순서대로 넣으면서 불을 조절하는 것
에는 작은 기다림 또한 필요하다.

　결혼도 상대에 대한 이해를 바탕으로 배려를 하게 하고
적절한 감정의 절제와 기다림이 필요하다. 결혼생활에서 인
생을 배우고 인내를 배운다면 거창한 표현일지는 몰라도 이
결혼생활을 잘 해내고 나면 상대 못할 사람이 없고 이겨내지

못할 일이 없다는 자신감이 생긴다.

상대방 때문에 감정이 상해도 삶의 밸런스 유지를 잘 하는 것이 무척 바보스럽지만 이기고 지고보다 중요한 것이 이 사람과 앞으로 살아갈 시간이다.

마음을 다스리지 못해 쳐 박아 버린다면 돌이킬 수 없을 것이고 뼈저린 후회를 할 것이라 가급적 빨리 마음을 다 잡을 필요가 있다. 따지고 싶은 것도 꾹 참고. 경험한 사람들은 잘 알 것이다. 잘못한 사람이 미안해서 잘 해줄 때 따지지 말고 이기려 하지 말고 잘 받을 수 있어야 한다.

가정에서의 아내의 자리는 묵묵히 지켜내는 자리이고 누군가는 이 자리를 지켜줘야 하는 티 안 나는 자리이지만 귀한 일을 하는 것이다. 자기의 일을 아무 것도 아닌 양 생각하고 의무에 대한 책임만을 갖고 하는 것은 모두를 힘들게 한다.

가정은 혼자가 아닌 가족 모두가 주인이 되어야 하고, 살면 살수록 주부라는 자리에서의 책임의식이 생기는데 가정이 우울한 전쟁터가 되면 나가서도 전쟁터에서 시달리게 될 것이기에 집에서 밖으로 나갈 때는 평화로운 상태로 나가게 하려 몸과 마음이 내리막으로 떨어질 때는 빨리 회복하려 애

쓰게 된다. 그렇지 않으면 내 가족이 밖에서 무슨 힘으로 버틸 수 있을 것인가. 알면서도 방관하는 것은 주부 혹은 엄마로서 뿐만 아니라 한 사람으로서 옳지 않은 일이라 생각한다.

식탁을 차리는 것만큼, 둘러 앉아 맛있게 먹는 것만큼 중요한 것이 잘 정리하고, 다음 식탁을 준비하는 일이다. 집에서 엄마의 역할도 마찬가지다. 식구들이 즐겁게 함께하는 자리를 매일 몇 번이고 행복하게 준비하는 나는 내 자리에서 기다림과 멈춤, 또 감정의 절제를 잘 하며 살아가고 있을 것이다.

새 의자를
준비하는 시간

햇빛이 눈부신 바닷가에서 사진을 찍으려니 핸드폰에서
는 눈에 보이는 풍경이 하나도 보이지 않았다. 달랑 두 장만
찍고, 눈으로 바닷가를 담고 벗어났다. 터널을 지나면서 돌아
보니 바다가 선명하게 보였다. 터널의 어둠이 햇빛의 눈부심
을 막아주었기 때문이다. 문득 빛은 적당한 어둠이 있어야 된
다는 생각이 들었다. 어둠을 겪어야 빛의 삶이 얼마나 귀한
지 알 수 있다.

내 삶을 돌아보니 시간이 많을 때는 시간이 많아 힘들어

했고, 바쁠 때는 시간이 부족해 힘들어 했다. 하지만 탓만 하지 않고 시간이 많으면 많은 대로 없으면 없는 대로 열심히 살았다. 시간이 많을 때 주로 공부를 하고 무엇인가 열정적으로 배우러 다녔다. 다 내 남편이 있었기 때문에 가능했다.

남편은 젊을 때 친구를 좋아해서 술도 많이 마시고 놀기도 많이 했다. 그럴 때도 자기 일에 대해서는 한 번도 소홀한 적이 없었다. 용돈을 아껴 외국을 나가 준비해온 자료로 슬라이드를 만들어 강의준비를 했다. 그 시간도 단순히 놀러다닌 것이 아니었기 때문이다. 그래서 자주 나를 두고 외국에 나갔어도 이해를 할 수밖에 없어서 잘 기다리고 혼자서도 잘 놀았다.

일본을 12번이나 가서 자료 수집을 하고 논문을 쓰고 박사학위를 받았고, 그것을 토대로 박사과정을 만들고 대학원 과정을 만들었다. 한 순간도 허투루 살지 않은 남편의 모습은 나도 닮은꼴로 살게 이끌었다. 작품을 하면서도 타협하지 않았고 작가이면서 선생의 본분을 지켜내며 살았기 때문에 나는 내 남편을, 이 사람의 삶을 존경한다.

나이가 들어서도 자리 잡지 못하고 있는 제자들을 보며 마음 아파하고, 자신의 시간을 내어주고 자리를 만들어주는 사람. 천생 선생이었던 이런 면면을 보고 살았기에 딴 소리를 할 수 없게 만들었다. 그래서 나는 바보스러울 정도로 잔소리 한번 하지 못하고 살았다.

남편은 중국을 삼 년 동안 인스턴트 음식을 먹으며 오갔다. 그러면서 한국의 근현대인물 7인을 백자흉상, 전신상을 완성했다. 이밖에 학교 일로 그렇게 바쁜 시간을 보내면서도 작품을 모아 도예 40주년 전시회를 예술의 전당에서 열었다. 물론 다 자비를 들여서 하는 일이다.

이렇게 40년 동안 만든 작품을 모아 전시회를 하고 아쉬워 이천의 작은 갤러리에서 인물상만 따로 전시를 했다. 시간이 지나 우리 집으로 가져오면서 작품 보관하기 위해서 컨테이너를 만들고 작품을 옮겼다.

대개 작가들은 열정을 쏟은 결과물을 전시한다. 시작한 날, 끝나는 날을 빼면 단 사오일을 위해. 하지만 끝나면 허무하다. 전시회를 할 때마다 이런 아쉬움을 해소하고자 만든 것이 이헌국 갤러리이다.

갤러리 오픈을 준비하면서 초대의 글을 5분 만에 쓸 수 있었고, 고치지 않고 그대로 초대장을 만들었다. 이렇게 빨리 쓸 수 있었던 것은 평소에 생각하고 있었던 우리의 삶을 글로 옮기는 것이라 가능했다. 초대장을 받은 분들은 이 글만으로도 우리의 삶이 그림처럼 보여 참 좋았다고 했다.

"그 남자는 나무와 흙을 사랑하였습니다. 그 여자는 그 남자가 사랑한 것들을 바라보며 사랑하며 살았습니다. 그 여자는 그 남자가 사랑한 것들을 토대로 그 남자가 더 많이 행복할 수 있는 일을 하고 싶었습니다. 그 남자는 자기가 가꾸어온 모든 것들을 가지고 그 여자에게 아름다운 궁전을 만들어주겠다고 하였습니다.

이런 마음이 모여 그 남자 이헌국, 그 여자 유정림의 '이헌국 갤러리'가 탄생하게 되었습니다."

나와 내 남편이, 우리 부부가 살아온 삶 자체가 갤러리에 있었으니 보고 다들 칭찬과 축복을 해주었다. 우리가 가지고 있는 게 으리으리한 저택처럼 물질적인 것이었으면 초대하지 않았을 것이다.

내 남편만이 만들 수 있는 작품과 20여 년 동안 가꾸어온 소나무가 그득한 이곳은 돈 냄새가 아닌 사람 냄새가 나는 곳이라고 자랑할 수 있다. 그밖에 소장하고 있던 그림, 실력 있는 작가들의 작품을 위탁판매하고 있고, 무엇보다 도자기를 만들고 배울 수 있는 시설들까지 채워져 있다.

지나가다 들러 작품 감상을 하고 작품 구매도 하고, 구매 여부와 상관없이 차 한 잔을 마실 수 있는 공간도 있다. 편안 한 곳으로 만들기 위해 아낌없이 물심양면 투자를 했다. 나를 아는 이들과 공유하고 싶은 마음이 있었기에 만들 수 있었다.

어디에도 없는 내 남편이 만들어낸 작품을 많은 이에게 보여주고 싶고 자랑하고 싶은 마음이 가장 크지만 무엇보다 편안하게 작품을 감상할 수 있으면 좋겠다는 마음에 연 갤러 리다. 외국에 가면 자그마한 지역에서도 예쁜 갤러리를 볼 수 있다. 생활의 일부분처럼 가깝게, 경직되지 않고 편안하게 작 품을 접할 수 있다는 것이 참 부러웠다.

우리 집은 대문이 없다. 내가 없어도 소나무 밑 테이블에 서 앉아서 쉬고 갈 수 있는 그런 곳이다. 내가 있으면 멋진 찻 잔에 맛있는 차 한 잔을 대접받을 수도 있다. 야외에도 도자 조형물과 다양한 작품들이 소나무와 어우러져 자리하고 있 다. 좋은 것들이 넘쳐나는 세상을 살지만, 쉬고 싶을 때 정말 좋은 쉼을 찾을 수 있는 그런 곳이면 좋겠다.

오늘도 나는 이곳에서 남편과 새로운 식탁을 차린다.

우리가 차린 식탁에 새로 의자를 놓고 앉을 우리 아이의 아이들, 그 사랑스러운 모습을 위해.

북큐레이션 • 행복한 매일을 꿈꾸는 당신에게 추천하는 라온북의 책

책을 통해 오늘보다 나은 내일, 웃을 수 있는 하루, 가족과 친구, 사랑하는 사람과 함께하는 행복한 시간을 선물합니다.

읽기만 해도 기분 좋아지는 단어 처방전

좋다 좋다 기분이 좋다

김상용, 윤희상 지음 | 13,500원

**하루가 즐거워지는 주문! "좋다 좋다, 기분이 좋다"
지친 당신의 어깨를 토닥여줄 기분 좋은 100단어**

미래를 위한 계획. 꿈을 향한 호기심. 성취를 위한 반성. 사랑을 위한 기도. 한계를 넘어서는 통찰력. 용서를 통한 깨달음. 우리의 힘겨운 오늘을 위로하고 내일을 응원하는 긍정의 단어들을 모두 모았다.

괜히 기운이 빠지는 아침에, 할 일이 쌓여 머리가 복잡한 오후에, 이리저리 치여 어깨가 축 처진 저녁에 떠올리기만 해도 기분이 좋아지는 단어들을 만나자. 행복한 기운을 불어넣는 사진과 함께 긍정의 단어들을 되뇌다 보면 부정적인 생각이 자리했던 곳에 기쁨과 희망이 들어찰 것이다.

바쁜 일상에 지친 당신을 위한 스마일 테라피

Smile Week

피터 오 지음 | 13,200원

**"당신은 오늘 하루 몇 번이나 웃었나요?" 아무렇지
않은 척 버티느라 지친 우리를 위한 스마일 테라피**

팍팍한 일상에 지쳐 웃는 법을 잊은 현대인들에게 스트레이트로 웃음을 날리는 팝 아티스트 피터 오의 첫 번째 그림 에세이. 이 책에는 '가족, 사랑, 나, 너, 자연, 휴일'의 7장으로 구성되어 있으며 주제에 맞게 알록달록한 색채가 돋보이는 70여 점의 따뜻한 그림과 웃음에 대한 철학이 담긴 60여 개의 글이 수록돼 있다.

오늘 나에게 선사해야 할 소소한 행복을 놓치면, 아무리 커다란 미래를 그려도 내일은 두렵기만 하다. 오늘부터 피터 오가 전하는 일주일의 웃음 스케줄을 따라 하루 한 번, 마음 편히 웃자. 웃는 하루하루가 모여 오늘보다 나은 내일이, 그리고 즐거운 삶이 만들어질 것이다.

절망을 희망으로
바꾸는 강력한
감사 처방전

땡큐레터

신유경 지음 | 13,800원

**절박함으로 쓰기 시작한 365통의 감사편지
그 기적 같은 변화에 관한 생생한 기록!**

세상이 온통 부정적으로 보이고, 문제를 해결할 의지마저 잃었을
때 우리가 할 수 있는 건 무엇일까? '감사 편지'가 바로 삶에 활력
을 불어넣는 가장 확실한 방법이다. 저자는 실제로 15개월 동안
365통의 감사편지를 쓰고 전달하는 과정에서 삶이 긍정적으로 바
뀌는 기적 같은 변화를 체험했다고 고백한다.
'나의 행복을 위해 편지를 쓴다'는 원칙을 잊지 않고 감사편지를 쓰
다 보면 생각과 행동이 어떻게 달라지는지 알 수 있다. 자신을 위
해 아무것도 할 수 없다고 생각한다면, 쳇바퀴 같은 삶에 지쳐버렸
다면 땡큐레터를 통해 행복한 변화를 경험하길 바란다.

성공하는
습관을 만드는
감사의 힘

땡큐파워

민진홍 지음 | 13,800원

**1400명 인생을 바꾼 국내 1호 땡큐테이너의
하루 1분, 21일 감사일기 작성 노하우!**

흙수저, 헬조선, N포 세대 등 현실을 비판하는 시선과 언어들이 판
을 치고 있다. '세상이 이러하니 그냥 이렇게 세상 한탄이나 하는
수밖에 없다'고 여기는 사람들…… 하지만 정말 그것밖에 방법이
없는 걸까? '대한민국 1호 땡큐테이너' 민진홍 저자는 '감사하는
마음이야말로 그 어떤 어려움도 이겨낼 수 있는 최고의 무기'라고
말한다. 평소 불평불만이 많고 감사하는 마음이 적었던 사람이라도
책에서 제시하는 '21일 감사일기 작성법'을 통해 감사를 생활화할
수 있다. 행복하고 긍정적인 삶은 물론이고 취업, 승진, 인간관계
개선, 비즈니스 성공을 원한다면 땡큐파워를 만나보자.